三國疑雲
卷
10
武學奇才
水的龍翔 著

目錄

第一章

再生逆鱗

司馬懿得意地道：「我是師父肚子裡的蛔蟲，師父想什麼，我都一清二楚，嘿嘿嘿……」

高飛臉色微變，心中暗想：「小小年紀便能猜透我的心思，長大以後那還得了！不知道在我的教導下，司馬懿會不會再生逆鱗？」

高飛、祝公道、祝公平等人夾在難民當中艱難的行走著。快到霸陵的時候，看見霸陵的路上設下一個路障，一個十分熟悉的身影站在道路旁指揮百姓，身邊還有幾十個部下。

他看到那人時，眼前一亮，狐疑道：「卞喜怎麼到這裡來了？」卞喜正在指揮百姓撤離，忽然看見高飛等人回來了，當即讓部下接手，迎向高飛。

兩下相見，卞喜跪地道：「臣卞喜護駕來遲，請皇上責罰！」

高飛的身分已經完全暴露，所以這些跟隨他的二百多人才會死心塌地的跟著他，光這次護駕的功勞，回到華夏國也必然會得到不少賞賜。

他看了眼前面的路障，問道：「起來說話。這是怎麼回事？你怎麼會突然來到秦國？」

卞喜站起來，道：「啟稟皇上，太尉擔心皇上的安危，所以讓臣率領斥候隊伍前來保護皇上。臣等走到霸陵時，正好遇到難民潮，向西走不通，便在此設立路障，疏通混亂的百姓。」

「你來得正好，讓你的部下傳令給徐晃，讓他率軍猛攻潼關，這時候不攻占潼關，更待何時。」高飛歡喜地道。

卞喜道：「徐將軍已經在攻打潼關了，只是潼關地勢險要，絕難攻占，而且這幾日又連續增兵，徐將軍連續攻打三日，盡皆無功而返，臣是從小路帶著一批人翻山越嶺才來到這裡的。」

「徐晃已經攻打潼關了？誰的命令？」

「樞密院在薊城，距離弘農路途遙遠，消息來回傳遞也需要好幾天，我想，應該是他自己的意思。」卞喜道。

「這個徐晃，真是我肚子裡的蛔蟲，怪不得我從長安一路走來，沒有見過一兵一卒，敢情都被他給吸引到潼關那邊了。做得好！即使攻不下，也給我回國掃清了道路……」

正說話間，後面傳來一陣恐慌的叫喊聲：「羌人來了……羌人來了……快跑啊……」

緊接著，萬馬奔騰，大地為之顫抖。

高飛扭頭望去，但見筆直的大路上沙塵滾滾，一夥羌騎從沙塵中駛出，那沙塵更是一眼望不到邊。

「啟稟皇上，羌王那良率領兩萬羌騎窮追而來！」一個斥候氣喘噓噓地跑了過來，道。

卞喜笑道：「來得正好。皇上，請速速退到路障後面，這夥追兵交給臣來對付。」

「你……你怎麼能對付得了這兩萬騎兵？」

高飛十分驚詫，他知道卞喜並不是那種衝鋒陷陣的人，更加不會主動提出來去迎戰，他是屬於黑夜的，神出鬼沒，刺探情報偷盜金銀還可以，讓他去打仗，還是放在第一線，太為難他了。

「皇上儘管放心，臣從薊城來的時候，帶來了一個秘密武器，保證這些人不敢再追我們。」卞喜拍著胸脯，自信滿滿地道。

「**秘密武器？**」高飛狐疑地道：「什麼秘密武器？」

卞喜道：「皇上先走，容臣退卻了雄兵，再慢慢稟告。」

高飛見卞喜自信滿滿的，便道：「不可硬拼。」

「臣明白！」

於是高飛帶著祝公道、祝公平等人離開此地，一路向霸陵趕去。

此時，逃亡的百姓見到羌人來了，都四散逃竄，整條道路上已經沒有人成為羌人的阻礙。

卞喜急忙讓人將路障封死，帶著幾十個人堵在那裡。

羌王那良眼看已經追上高飛，卻憑空出來一個路障，鹿角、拒馬重重疊嶂，確實是騎兵的剋星，不得不先行勒住馬匹。

後面的騎兵也都跟著勒住馬匹，停了下來，排成長長的一排。

「是卞喜？」許褚看到領頭的人是卞喜，登時叫了出來。

夏侯惇、夏侯淵、曹仁、曹洪四將看著卞喜的眼神都充滿了憤怒，恨不得將卞喜碎屍萬段。

卞喜站在路障後面，遙見許褚、夏侯惇、夏侯淵、曹仁、曹洪都在，哈哈笑道：「許久不見，不知道五位將軍安好？我那小外甥也可安好？」

許褚咬牙切齒地道：「你休要胡言，今日我正好拿你人頭回去！」話音一落，許褚第一個衝了出去，手中古月刀揮舞著，大聲喊道。

卞喜一動不動，看到許褚衝了過來，臉上依舊帶著笑容，不慌不忙地從隨身攜帶的口袋裡掏出一個黑色只有鵪鶉蛋那麼大的東西，向許褚扔了過去。

許褚見一個黑色的物體朝自己飛了過來，以為是暗器，當即用古月刀格擋，哪知道古月刀剛一碰到那黑色的鵪鶉蛋，「轟」的一聲響，那黑色的鵪鶉蛋就像是天雷一樣，直接炸開了。

緊接著，一團黑色煙霧冒起，許褚座下戰馬受到驚嚇，將許褚甩了出去，重重地摔在地上。

夏侯惇、夏侯淵、曹仁、曹洪見到之後，都是一驚，心想那是什麼暗器，竟然能讓許褚從馬背上跌下來。

眾人還來不及細想，見許褚從地上爬起來，臉上黑黝黝的，像是塗了很多的鍋底灰一樣，只有兩隻眼睛在冒著精光。

許褚臉上一陣抽搐，望著卞喜，心中恨意綿綿，可是耳朵裡卻是一陣嗡響，被剛才那一陣巨響弄得到現在也聽不到外面的聲音，而且臉上火辣辣的，像是被炭火燙到了一樣。

許褚忍不住用袖子撫摸自己的臉龐，哪知道剛一碰到臉，臉更加的生疼，使他不敢用手直接碰觸，難受得他大喊大叫起來：「哇……好燙……好疼……好難受……」

作為魏國昔日的國舅，卞喜對許褚、夏侯惇、夏侯淵、曹仁、曹洪這幾位名將很瞭解，見許褚哇哇亂叫，便道：「許褚，再給你來幾個嘗嘗！」

說罷，卞喜便又向許褚擲出了幾個黑色的鵪鶉蛋。

許褚知道那黑色鵪鶉蛋的威力，當即開始躲閃，黑色的鵪鶉蛋一經落地，便是一陣轟鳴，地上出現一個小小的坑窪，泥土被掀得翻向了空中。

「轟！轟！轟！轟！」

一連四聲巨響，許褚為了躲閃那黑色的鵪鶉蛋，就像在跳舞一樣，手舞足蹈的，而他躲過的地面，均是一片炭黑，地上留下一個個不規則的坑洞。

「許褚，知道我的厲害了嗎？我勸你們還是退去，否則我就不手下留情了！」

說著，卞喜將手一招，十幾個人推出了一個巨大的彈弓，皮槽內放著一個足有西瓜那麼大的黑色橢圓物體，對準了許褚，等待命令。

許褚看到之後，心想：一個鵪鶉蛋大小的東西就能在地上留下一個坑洞，大的像西瓜一樣的東西肯定更加厲害，不禁心生畏懼，朝後退去，跑到夏侯惇等人的身邊，說道：「還是國舅厲害，我難以抵擋……」

「什麼國舅，他只不過是在利用卞夫人！」曹仁叫道：「仲康，那黑色的是什麼東西，為什麼會發出打雷的聲音，你的臉有什麼感覺？」

「疼……脹……熱辣辣的，還不能用手碰，真的很難受……」許褚答道。

羌王那良聽到後，當即說道：「管他什麼爛東西，定然是中原人的障眼法，他們就那麼幾個人，憑什麼擋住我的兩萬大軍？衝！衝！衝過去，我就不信這個邪！」

話音一落，那良登時單槍匹馬地朝卞喜衝了過去。

卞喜見狀，冷笑一聲，抬起手向下猛地一放，路障後面巨大的彈弓開始彈射出一顆猶如西瓜那麼大的黑色物體，直接朝羌王那良飛去。

「雕蟲小技！」那良嗤之以鼻道。

那良見許褚吃虧了，不過在他看來，那是因為許褚兵器太短，他現在手握長槍，應該可以將那東西撥開。

帶著這個心思，那良手起一槍，便刺向那個黑色的物體，結果長槍穿透那個黑色的物體，那黑色的物體登時碎裂開來，露出了翻著白花的果肉，竟然是一個大冬瓜！

那良「哈哈」笑了一聲，放鬆了警惕，當即喊道：「全部跟我衝過去。」

話音一落，那良身後所有的人都向前策馬狂奔，包括夏侯惇、夏侯淵、曹仁、曹洪四人，一個個面露殺氣，凶神惡煞一般。

卞喜看到後，嘴角露出笑容，手一抬，身後的部下立即重新發射出一枚黑色的巨大物體，朝那良飛了過去。

那良一樣用長槍去刺那黑色的物體，臉上帶著蔑視之色。哪知道，這次長槍剛碰到那黑色的物體，便聽到「轟」的一聲巨響。

響聲如同晴天霹靂，一股巨大的衝擊力向四周擴散，驚得那良身後的騎兵個個都人仰馬翻，座下戰馬四處亂竄。

那良連同他的座下戰馬都被弄得四分五裂，鮮血流得滿地都是，腸子、內臟散了一地，白色的腦漿，紅色的血液，黑色的粉末，混雜在一起，讓人看了幾欲作嘔。

「死……死了？」

夏侯惇、夏侯淵、曹仁、曹洪四人騎術精湛，好不容易控制住座下戰馬，可是回頭望見那良整個人被弄得四分五裂，登時傻眼，那黑色的球體到底是什麼東西，威力竟然如此的驚人。

不光他們，所有看到這一幕的人都是唏噓不已，一個黑色的球體飛來，那良連人帶馬就變得血肉模糊，這是何等驚人和殘酷的殺人方式，只是一瞬間的功夫而已。

卞喜看到對面眾人的表情，當即笑道：「怎麼樣？威力如何？如果你們不怕死的話，都可以上來嘗嘗。我這裡還有許多呢。」

說著，身後的人紛紛架起巨大的彈弓，將西瓜大的黑色物體放在皮槽內，隨時準備發射。

夏侯惇驚詫地道：「卞喜！你那是什麼武器？」

「告訴你們也無妨，這叫天雷彈，是引天雷用的，只要這東西一碰到你們，就會引動天雷，直接將你們劈成無數半。」

「天雷彈……」

夏侯惇心裡咯登了一下，扭頭對夏侯淵、曹仁、曹洪說道：「事已至此，不如回去向主公稟告，」

夏侯淵點點頭道：「主公讓我們做的事，我們已經做了，也該回去了。」

「可是高飛在逃，如果不抓住他，必然會成為後患。」曹洪擔憂道。

曹仁指著身後不安的羌人騎兵道：「你看看他們，早已經被嚇得丟了魂，哪裡還有戰心？前路漫漫，不如知難而退。」

許褚從人群中擠出來，道：「退，這武器太厲害了！」

不等他們商量好，便聽見「嗖！嗖！嗖」三聲破空音，三個天雷彈憑空而落，而且在三個大天雷彈的間隙中，還有無數的小天雷彈，正朝著他們落下來。

天雷彈完全是滅殺性的武器，不多時，劈哩啪啦的聲音不斷響起，羌人的騎兵登時有幾十個人被天雷彈炸得四分五裂，血流成河，地上也留下了無數坑洞。

「撤！快撤！」曹仁當機立斷，調轉馬頭，大聲喊道。

呼啦一聲，叛軍的追兵盡皆撤去，一個不留。

卞喜見後，急忙帶著人去追高飛，將剩餘的那些天雷彈給帶走。

高飛並未走遠，而是躲在樹林中觀看，看到卞喜嚇退了追兵，從樹林中出來，一臉笑意地說道：「卞喜，把你的天雷彈拿來我瞧瞧。」

卞喜見高飛未走，怔了一下，從口袋裡掏出小的天雷彈，遞到高飛手中，說道：「陛下，大的太危險，小的威力稍弱些，適合玩耍！」

高飛拿過天雷彈，先是聞了聞，夾雜著一股火藥味，當即可以肯定這天雷彈就是用火藥製成的，驚喜地問道：「你這玩意是哪裡弄來的？」

卞喜道：「是從左道長手上弄來的。」

「左慈？他能做出這些東西來？真是一個奇蹟啊！」高飛既驚嘆又讚賞。

卞喜解釋道：「前些日子，左道長在道觀煉丹，不知道怎麼回事，只聽『轟』的一聲響，整個煉丹爐就像西瓜熟透一般，自動炸開了，他的煉丹房也被那聲巨響給弄塌了，他因此受了重傷，幸虧有張神醫、華神醫同時施救，才讓他撿回一條命。」

「這個毛老道，居然能搞出這種東西，實在是太讓人訝異了！」高飛嘿嘿笑道：「你繼續說下去。」

於是，卞喜將天雷彈的來龍去脈娓娓道來。

原來，左慈的道觀被炸得不成樣子，在薊城引起了轟動，所幸道觀就左慈一個人，附近沒啥居民，所以並未傷及無辜，可是左慈就慘了，被炸斷了一條胳膊，如果不是張仲景、華佗同時在薊城，只怕這老道就一命嗚呼了。

說來也巧，這爆炸產生的巨大威力，讓賈詡看到了一絲不尋常的地方。

他派人去清理爆炸現場時，發現現場遺留的煉丹材料，他讓人將這些材料全部搬到城外的空地上，問了左慈當時的情形，才知道左慈是因為向煉丹爐中放了幾種材料，才引起爆炸的。

賈詡當即要匠人們按照左慈說的計量去配置，然後小心翼翼的配成現在的黑色小圓球，再經過多次試驗後，終於完成了火力驚人的天雷彈。

雷首山的事，讓賈詡看到了一絲潛在的危機，所以派遣卞喜帶上剛剛研製成功的天雷彈，去秦國保護高飛。

高飛聽完，將手裡的天雷彈把玩了一下，然後用力向遠處扔去。

天雷彈在空中飛舞，撞上一棵樹，只聽「砰」的一聲，黑色的粉塵四處散開，像是一團黑霧。

黑霧散盡後，樹上留下一個跟鵪鶉蛋那麼小的坑洞，樹上也是一片黑色，高飛聞到一股輕微的火藥味。

他搖搖頭，嘆了口氣道：「可惜了，可惜了……」

「皇上，什麼可惜了？」卞喜急問道。

「威力太小了，跟我想像的差了好遠。」高飛嘆道。

卞喜忙道：「皇上，這東西越大越有威力，剛才皇上也應該看見了，一個西瓜那麼大的東西，就把那個叫嚣的羌王給炸得四分五裂，要是堆成一座山那麼大，那威力該有多驚人啊……」

祝公道、祝公平臉上一陣驚愕，都暗暗地想道：「這玩意要是拿來對付我的話，就算我的功夫再高，也絕難抵擋，這玩意兒實在太可怕了！」

兩人不敢多想，一想到，背脊上便一陣陰冷。

雖然天雷彈已經初步具備火藥的威力，但是高飛很清楚它絕對不能和火藥相提並論，火藥的發展有一個循序漸進的過程，而且也需要長時間的摸索。

如今看到這天雷彈，雖然欣慰，但是離真正的火藥武器還差太遠。只可惜他不是搞化工的，不知道配置火藥需要哪些原料。心想回到薊城，一定要加大力度研製火藥，搞出正規的火藥不可。

這樣一來，在這個冷兵器時代，他就等於掌握了主動權，**落後就會挨打，這**

是古今中外不變的事實。

一路回到霸陵，霸陵城外，難民隨處可見，一雙雙乾巴巴的眼睛望著從大路上行走過去的高飛，那渴望的眼神，任誰看了都會生出同情之心。

高飛騎在馬背上，看到霸陵城的城門緊閉，城牆上站著些許秦國的士兵，「秦」字大旗更是迎風飄展，卻將從長安城逃難而來的難民拒之門外。

數萬百姓昨夜逃離長安，長途跋涉後來到了霸陵，此時是又累又餓，因為走得匆忙，誰也沒有帶上幾口乾糧。

其中不乏一些富戶，但是富紳們也是一身的疲憊，讓奴僕拿著錢去買糧食，可是誰有糧食會在這個時候賣出去？一塊金子還不如一口饃，吃了還能活命，要金子能吃嗎?!

城門口一片混亂，許多不滿的百姓開始聚集在城門口敲打著城門，不停大罵著，央求著打開城門進去，哪怕喝一口水也好啊。

可是，站在城牆上的士兵動都不動，聽得煩了，甚至射下箭矢來進行恐嚇，以逼退敲砸城門的暴民。

眾怒難犯，暴民們心中以平復，紛紛從地上撿起小石子什麼的向城牆上扔去，劈哩啪啦的一陣響，將城牆上的士兵弄得不敢再露頭，可是城門依然是關著的。

霸陵是個小城，只有東西兩個城門，因霸陵靠近灞河因此得名。它是大漢皇帝的陵墓所在，霸陵城也是為守陵士兵所修建的，平時只有一千人左右，專門負責看守歷代皇帝陵墓。

霸陵依山而建，不復起墳，即依山鑿挖墓室，無封土可尋。據記載，霸陵在白鹿原的斷崖上鑿洞為玄宮，內部以石砌築，並有排水系統，墓門、墓道、墓室以石片壘砌，工程十分浩大。

但後來排水系統被沙石堵塞，以致墓門被水沖開，墓室結構遭到破壞。霸陵最遲在西晉即遭盜掘，並在當時發現了大量的陪葬品。

霸陵城在霸陵所在的山下，說是城，有點太過牽強，充其量算是一個軍事要塞，由於霸陵是皇家園陵，所以方圓幾十里內不允許有百姓居住。

霸陵是當塞其道，要想去東邊，必須要經過霸陵，所以逃難的百姓滯留在此，對於守兵不開城門的事情甚為憤慨。

高飛看到這一幕後，翻身下馬，環視了一圈周圍的百姓，但見西南方向停靠著幾輛馬車，正是劉宇和他的家人。

他急忙走過去問道：「你怎麼也在外面？」

劉宇嘆了口氣，說道：「別提了，我本來跟著馬岱進了城，誰知道今天早上馬超回來了，知道我們是和唐公一起的，便將我們趕了出來，繼而緊閉城門，不許任何百姓進入。」

高飛恨恨地道：「這個馬超！到底是怎麼想的？」

他環視了一下周圍，沒看見司馬懿，問道：「馬一呢？」

劉宇道：「哦，他進城了，說是要去勸說馬超放百姓過去，我阻攔他，他不聽，硬是隻身一人進入了霸陵城。」

「他進了霸陵城？」高飛詫異地道。

「嗯。」

高飛急忙扭頭大聲喊道：「卞喜！」

「臣在！」

「把你帶來的天雷彈都集中在一起，放到城門口，炸開城門！」高飛當即令道。

卞喜「諾」了聲，集中所有的天雷彈，剛準備帶到城門口時，卻見城門居然緩緩打開了，一個個頭不高的小孩從門裡走了出來，正是司馬懿。

司馬懿剛一出來，城門又關上了。

「仲達！」高飛看見司馬懿出來，登時喊了出來，快步向司馬懿跑了過去。

司馬懿見到高飛，三步併作兩步的一陣小跑，趕到高飛面前，高興地道：「師父，您來了！」

高飛一把拽住司馬懿，擔心道：「你這孩子怎麼那麼不省心？你一個小屁孩跑進去幹啥？那馬超沒殺了你，算是夠仁慈的了！」

「師父，我不是小屁孩，請別總拿我當孩子看待。再說，馬超為什麼要殺我？他感謝我還來不及呢！」

「咦？」高飛一陣狐疑，問道：「怎麼一回事？」

司馬懿嘿嘿笑了笑，用手在鼻子下面抹了一下，賣起了關子，道：「師父，你就等著看吧，一會兒馬超便會主動把城門打開的！」

「你到底進城幹什麼去了？」

「師父我……」

正說時，城門果真打開了，所有人的目光都被吸引過去。

只見馬超一馬當先，身後跟著馬岱和一百精騎，目光犀利地掃視了一下所有人，當看到高飛和司馬懿站在一起的時候，眼中反而多了幾許溫存。

「父老鄉親們！我馬超對你們不起，作為你們的太子，卻讓你們受到這樣的磨難，我是一個罪人。現在，我敞開城門，你們可以放心的到城內歇息、吃喝，吃飽喝足之後，就儘快去投親吧！」

馬超像是變了個人一樣，騎在馬背上朗聲道。

高飛看到這一幕，不禁怔道：「**馬超……怎麼變了？**」

馬超雖然如此說，可是長安百姓誰不知道馬超是個暴戾的人，讓人望而生畏，所以聽完馬超的話後，百姓反而是向後退了退，沒有人敢上前。

「司馬懿果然沒說錯，在百姓的心中，我的形象竟是這麼差……」

馬超嘆了口氣，調轉馬頭，什麼都沒說，帶著馬岱和一百名精騎便向城中駛去。

「全軍撤退！」馬岱深吸了一口氣，將手中銀槍舉過頭頂，高聲喊道。

急促的腳步聲不斷從城中傳了出來，原本負責守城的一千名士兵都集結在一起，跟著馬超、馬岱，緩緩從東門護衛著中間的四輛馬車，從東門向南一拐，便從霸陵城消失的無影無蹤。

馬超騎著白馬，走在隊伍的最前面，緊皺著眉頭，腦中突然閃出一個念頭，回頭看了跟在後面的四輛馬車。

馬車上分別拉著不同的人，第一輛車上坐的是太子妃楊婉，第二輛車上則是馬超的兩個幼弟馬鐵、馬休，第三輛車上拉的是秦國的皇后、馬超的生母，以及他最小的妹妹馬雲璐。最後一輛車上坐的則是身受重傷的王雙。

馬超對身邊的馬岱說道：「伯瞻，我給你一百精騎，你帶著他們趕赴潼關，將潼關所有的兵將全部帶到藍田，我在那裡等你，然後一起去漢中。」

「太子，潼關乃八百里秦川的東大門，一旦撤去所有兵將，那華夏國的軍隊豈不是要進來了？」馬岱道。

「我就是要引華夏國的軍隊進來，潼關易守難攻，華夏國大將徐晃久攻數日不下，可是現在我們需要華夏國的幫助，一旦華夏國的兵馬占領了潼關，就會危及長安，那麼曹操、陳群、楊修等叛軍意識到危險，必然會去爭奪潼關，我們才得以安全的去漢中，整頓兵馬，休整月餘，再和張繡一起攻打長安，殺他個回馬槍。」馬超道出心中的盤算。

馬岱聽後，心中一喜，讚道：「太子殿下果然聰明，臣弟這就去潼關，命令所有兵將撤退，與華夏國暫時歇兵休戰。」

馬超點點頭道：「快去快回，我們在藍田等你！」

「諾！」

馬岱接了命令，當即領了馬超撥付的一百精騎，朝潼關方向而去。

霸陵城突然空無一人，而且東、西兩個大門都打開了，這讓被堵在霸陵城西門外的所有人都一陣心神不寧。

高飛見馬超主動撤出霸陵城，想起司馬懿曾經進去勸說馬超，好奇問道：**「你去勸馬超的時候，到底跟馬超說了什麼？**竟然能夠讓馬超主動撤出霸陵城！」

司馬懿道：「其實也沒說什麼，我只是向馬超談到天下大勢，分析了一下現在的情況，並且給他指了一條明路。」

「什麼明路？」高飛問。

「就是**教他如何借力打力**，曹操等人反叛了他，致使長安大亂，他心裡肯定有怨氣。但是大勢已去，也無可奈何。他一心想去漢中，其實以曹操的雄才大略，必然能猜得出馬超的行蹤，提前在半路設伏。他既然要去，那我也阻止不了。我告訴馬超，**師父是對付曹操的最佳人選**，如今徐晃將軍在攻打潼關，曹操肯定會派追兵過來，**如果他能將徐晃的兵馬放進秦川，那麼他就可以置身事外，**

坐山觀虎鬥，看著華夏國的兵馬和曹操的叛軍打，然後他就明白了。」

高飛聽了，笑道：「你這小子人小鬼大，馬超非被你騙死不可，不過，你做的倒是正合我意，要讓馬超吃點虧，他的囂張氣焰才能收斂一點，如果現在他歸順我的話，我還真難以駕馭他。」

司馬懿得意地道：「我是師父肚子裡的蛔蟲，師父想什麼，我都一清二楚，所以就去勸說馬超了。何況我對他構不成威脅，他殺了我也沒啥用，所以我才能安全回來，嘿嘿嘿……」

高飛聽司馬懿說是自己肚子裡的蛔蟲，臉色微變，心中暗想：「小小年紀便能猜透我的心思，長大以後那還得了！不知道在我的教導下，司馬懿會不會再生逆鱗？」

「師父……你怎麼了？」

司馬懿其實只是隨口一說，和高飛開個玩笑罷了，卻不知道，**正是因為這句玩笑話，他未來的人生將被牢牢地掌控在他人的手中。**

「哦……沒什麼。」高飛隨口應了一聲，扭頭對卞喜道：「先入城打探情況……」

「我去！」

祝公平腳下生風，一溜煙的功夫已經在人群中穿梭著，很快就進了城。

卞喜嘖嘖稱道：「此等功夫真是上乘，我雖然能飛簷走壁，卻也未及啊。皇上，這個人堪用，是當斥候的料！」

高飛聽後，差點笑噴，道：「免了！我估計他也不會去當斥候的。」

祝公道看了一眼卞喜，見卞喜年紀比自己要小，而且不知道出於什麼原因，高飛在話語間似乎對卞喜喜愛有加。

他湊近卞喜，道：「卞老弟，聽說你輕身功夫卓絕，堪稱一絕，不知道可否……」

「不了，雕蟲小技，班門弄斧而已，不足以和祝兄相提並論。」

說話間，祝公平便從城門回來，出現在城牆上，對著城下的難民說道：「城中已經空無一人，大家可以安心的進城休息。」

百姓們聽到這話，都紛紛爭先恐後的入城，本來靜謐異常的城門邊，此時亂得像一鍋粥。人擠人，人推人，城門就那麼大，人卻很多，大家都怕擠慢了進不了城，將整個城門堵死在那裡。

高飛見狀，急忙帶領部下去指揮人群，讓百姓排隊依序進入，可是城門的局面已經失控，許多人擠在城門前，致使道路阻隔，無法通行。

卞喜當即縱身躍起，以極高超的輕身功夫在人山人海的頭頂上用腳尖輕輕一點，連續數次後，便來到城門邊。

也不知道他施展了什麼功夫，整個人像是有吸盤在身上一樣吸附在城牆上，活像是一隻靈活的壁虎，爬到「霸陵城」這三個大字的上面，然後腳尖有了蹬踩的空間，整個人便立在那裡。

「都給我聽著！」

卞喜大喊道，說著又掏出一顆天雷彈，朝空地上一扔，立時發出一聲巨響，登時嚇得百姓驚恐不已。

「這是天雷彈，一旦落到人的身上，就會粉身碎骨，死無葬身之地。你們現在都給我排好隊，有秩序的進入城內，一會兒叛軍來了，誰也別想進去！不聽話的，我就用天雷彈丟在他的身上！」

卞喜的話馬上起到作用，百姓們都順從地排起隊來，生怕死於非命，不一會兒，城門口便恢復了秩序。

祝公道看到卞喜露這麼一手後，對高飛嘆道：「主人，卞喜此人確實不簡單。」

高飛笑道：「卞喜跟隨我多年，有他在，斥候們才像個樣子了，情報、消息都十分的靈通。」

祝公道見高飛對卞喜讚許有加，不禁想道：卞喜這樣的人能成為高飛的心腹愛將，那我一定也可以。

百姓走了一半時，高飛等人也朝城中行進。

好不容易進了城，忽然西邊的官道上再次傳來陣陣的馬蹄聲，讓所有人為之一驚。

「叛軍來了……叛軍來了……」

司馬懿站在城樓上眺望，看到浩浩蕩蕩的騎兵奔馳而來，立即示警道。

此聲一出，本來有秩序的百姓隊伍再次爭先恐後起來，生怕自己進城晚了，會成為叛軍的刀下亡魂，於是場面一度失控，踩踏事件層出不窮。

高飛迅速命人戒備，但是城門已經無法關上了，只能登上城樓，讓人去看城中的武器庫有些什麼可用的。

高飛登上城樓，遠遠望去，塵土飛揚，為首一人，胯下騎著絕影馬，手中持著一桿有一丈八長的槊，目光犀利，臉色陰沉，正是曹操。

「大家快點進城，都別慌，排好隊，不然誰也進不了城！」高飛向城下的百姓喊道。

可是，城下的百姓哪裡還顧得上聽高飛的話語，亂上加亂，踩死不少人。

曹操帶著騎兵浩浩蕩蕩而來，身後是夏侯惇、夏侯淵、曹仁、曹洪四將，再後面則是許多的羌人騎兵，跟著他一起衝了過來。

他看到百姓堵在城門口，城門還沒有關，當下大喜，大喝道：「放箭！」

隨著曹操的一聲令下，成百上千的箭矢從天而將，密集地射向城門邊擠得水泄不通的逃亡百姓。

一通箭矢落下，一片百姓當場喪命，還有一些背上插著箭矢的百姓慘叫連連，痛苦的呻吟聲不絕於耳。

第二章

血債血償

索緒道：「此時關中大亂，外人不得而知，若是拖延久了，只怕會引來鄰國覬覦。我已命令張繡招撫長安城的羌人，將他們遣散回去，並讓他赴涼州招降涼州各郡官吏。現在剩下的就只有這十萬羌騎，必須讓他們血債血償。」

高飛瞪大了眼睛，眼看曹操無情的屠殺這些百姓，憤怒到了極點。雖然他來到古代，見慣了殺戮，但是對這種任意草菅人命的行為還是嗤之以鼻。

「弓箭！我要弓箭！怎麼還沒有拿過來！」高飛咆哮道。

「來了來了，弓箭來了！」

劉宇帶著部下很快將武庫中僅有的兩百張步弓送了上來，部下抱著成捆的箭矢登上城樓。

兩百張步弓，雖然數量不多，但總比沒有強，高飛當即對卞喜道：「天雷彈還有多少？」

卞喜道：「已經不多了，小的有二十多，大的只有三個。」

「去找石頭，用墨汁將石頭塗黑，然後帶到城樓上來！」高飛吩咐道。

「塗黑石頭？」

卞喜心中泛起一絲疑問，但他眼睛骨碌一轉，立即會意過來，抱拳道：「臣遵旨！」

「你們幾個，跟我來！」卞喜隨即召喚了十幾個斥候，快速下了城樓。

這時，劉宇則將弓箭分開，由於步弓只有二百張，所以只給擅於射箭的人，其餘的人則退到城牆下，準備隨時關閉城門。

曹操等人的箭矢一直在不停地射著，一簇簇箭矢漫天飛舞，有如密集的雨點，很快將堵在霸陵城外的一千多人全部射殺掉，老幼不留！

「關城門！」

高飛看到曹操等人快速逼近，馬匹直接從躺在地上的屍體踐踏過來，一些尚未死透的百姓，被成群結隊的騎兵隊伍活活踩死，血肉模糊，腦漿迸裂，簡直是慘不忍睹。

城門被迅速關閉了，躲在城中的百姓也紛紛向東門逃去，免不了在東門那裡又是一陣擁擠。不一會兒，霸陵城的西門這邊已經沒有百姓了。

「嗖！嗖！嗖！」

站在城牆上的人根本用不著等高飛的命令，便挽弓搭箭，紛紛朝城外逼近的騎兵射了過去。

高飛拉起一張弓，搭上箭矢，瞄準曹操的身體，一箭射了出去。

這邊箭矢剛飛出去，立即又抽出一箭，連續三次射擊，三支羽箭以前、中、後的攻勢向曹操飛去。

當他準備射第四箭的時候，由於用力過猛，那張弓竟然被他拉斷了。

曹操手持長槊，見急速飛來的箭矢，急忙用長槊撥擋開，哪知道剛撥開一支，第二支又飛了過來。

他心中一驚，用長槊回擋已經來不及了，身體急忙後仰，背部緊貼著馬鞍，第二支箭矢堪堪從他面前飛了過去，射死後面一名騎兵。

他一陣虛驚，剛微微挺起身子，不想還有第三支箭矢，他看見鋒利的錐棱形羽箭急速飛了過來，整個人從骨子裡感到一絲涼意，大叫道：「仲康！」

可惜的是，許褚由於面部受傷，已經被送回長安養傷，他竟然忘了許褚不在身邊。

眼看箭矢就要射中自己的額頭，危急之下，夏侯惇手持大刀當空斜劈了下來，將箭矢劈成兩半，但是偏離方向的箭頭還在移動，從曹操的面頰上擦了過去，登時鮮血直流，留下一道長長的箭痕。

曹操被箭頭擦傷，頓時覺得臉上火辣辣的疼，直起腰板，便看見高飛在城牆上將斷弓摔在地上，又換來一張弓，憤恨地喊道：「瞄準高飛所在的位置，給我放箭！射死他！」

曹操縱馬跑到路邊，退到箭矢的射程之外，勒住馬匹的韁繩後，高高舉起長槊，指揮著將士們向前衝鋒。

夏侯惇、曹仁來到曹操身邊護衛著曹操，夏侯淵挽起長弓，躍馬射箭，只聽弓弦響了五六下，五六支箭矢便連續射向高飛，而且每次放箭所攻擊的位置均不相同，箭術精妙當真是一絕。

夏侯淵的身邊，曹洪俯身在馬背上，手中持著一柄大刀，一邊揮砍著射下來的箭矢，一邊來個蹬裡藏身，躲閃揮砍不及的箭矢，帶著身後的一波羌騎快速向城門邊衝去。

高飛見敵軍分成兩撥，一撥射箭掩護，一撥快速衝了過來，一時間密集的箭矢反而蓋住了他們的防守，在一撥箭矢的較量上敗下了陣來。十幾個人躲閃不及，被箭矢射中了頭顱，當場斃命。

於是，眾人紛紛靠在城垛後面，躲避密集的箭矢。

一支支羽箭從空中飛過，從城垛與城垛之間的縫隙中飛過，紛紛射向門樓上的門板和門柱上，只一會兒工夫，密密麻麻的箭矢就將門樓射得如同刺蝟一樣。

這時，馬蹄聲逼近了城牆下面，可是誰也不敢在這個當口露頭，只要一露頭，就有被箭矢射穿的危險。

曹洪帶著五六百羌騎衝到了城牆下面，見城門緊閉，沒有什麼攻城的工具。

正苦思間，突然看見羌騎的馬鞍上都拴著一根套馬索，靈機一動，當即對身後的羌騎喊道：「用套馬索，拋上城牆，攀牆而上！只有如此，才能替你們的羌王報仇！」

眾多羌騎聽後，看了看城郭，見城牆不算太高，站在馬背上揮舞套馬索絕對可以套住城垛。於是排成一排，站在馬鞍上，取出拴在馬鞍附近的套馬索，在空中揮舞。其餘的羌騎則分散在道路兩旁，也開始揮舞著套馬索。

羌人是遊牧民族的一支，經常牧馬，所以用套馬索十分嫻熟。每個騎兵都備有弓箭、馬刀、套馬索這三樣東西，此時數百個羌騎在密集箭矢的掩護下，將霸陵城圍成一個橢圓形，開始向城牆上拋套馬索，一時間但見長繩飛舞，猶如竄起的長蛇撲上城牆。

高飛等人正靠著城垛躲避箭矢，突然看見從天而降的套索，頓時吃了一驚，還沒來得及反應，套馬索便落了下來，直接連人帶城垛全部被套住，寬鬆的繩索頓時收緊，被緊緊勒住。

有十幾個人被套住脖子，被繩索勒斷了氣。

高飛也被繩索套住，感覺自己被綁在城垛上，急忙抽出長劍挑斷繩索，其餘人紛紛效仿。

此時，有百十個羌騎開始攀爬城牆，繩索突然被割斷，爬到半空中的便直接摔了下來，有的骨頭斷裂，有的頭破血流。

但是，在城牆側面的羌騎卻順利的攀爬了上來，嘴裡咬著馬刀，一經登上城牆，就揮舞著馬刀，朝城樓這邊衝了過來，只見攀爬上來的羌人源源不斷。

高飛見狀，知道小小的霸陵城是無法抵擋住這股羌人的洪流了，當機立斷，大聲喊道：「撤！全部撤到東門去！」

一聲令下，大家急忙弓著身子下了城樓，向東門退去。

當高飛退到一半的時候，羌人打開了城門，曹洪騎著馬，一馬當先的衝了進來。

卞喜等十幾個人帶著一隊塗抹好的石頭跑了過來，看到追兵過來，便將黑色的石頭全部擺放在路中間，很快便鋪滿道路，形成一道黑色的障礙。

曹洪見狀，眼見那所謂的天雷彈鋪滿了道路，不禁想起那良的死狀來，心理上產生了極大的恐懼，當即勒住馬匹，眼睜睜地看著高飛等人跑出城門。其餘的羌人也是如此，停在那裡，不敢向前。

曹操帶著夏侯惇、曹仁、夏侯淵從後面趕了過來，見前軍停滯不前，讓人讓開一條道路，來到最前面，喝問道：「子廉，為何不繼續追？」

曹洪一臉的怯意，指著鋪在道路上，灑滿一地的黑色物體說道：「主公！就是那東西，『轟』的一聲便要了那良的性命，許褚的傷也是那東西造成的，實在太可怕了。」

其餘羌人心有餘悸，紛紛說那黑色的東西太強悍了。

曹操沒有親眼見過，所以並不相信，策馬向前，逼近那堆黑色的石頭。

「主公，不可靠近，有危險！」夏侯惇、夏侯淵急忙策馬前來護衛。

曹操越是靠近，越看的真切，而且還聞到了一股墨汁味，見地上也被染黑了，當即縱馬向前，直接踩在了那一顆黑色的石頭上。

「主公！」

夏侯惇、夏侯淵、曹仁、曹洪都是一陣驚呼。

可是，奇怪的是，曹操竟然毫髮無損，而且也沒有傳來回應的響聲。

「一群廢物！一堆被塗黑的石頭竟然把你們嚇成這個樣子！給我追！」曹操親自以身試法，將長槊向前一揮，大聲地喊道。

曹洪見狀，臉上一陣羞愧，心中也極為憤怒，當即帶兵向前衝去，一馬當先，哧溜一聲便掠過曹操的身旁，但見東城門口堆了一堆這樣的黑色物體，他此時也不害怕了，拍馬舞刀，快速衝了過去。

可是，當馬蹄一踏上那堆黑色的物體上，立刻發出一聲巨響。

「轟！」

曹洪連人帶馬被炸得四分五裂，屍體支離破碎，血漿四濺，巨響之後，霸陵城的東門也突然坍塌了下來，「轟隆」一聲，城樓墜地，擋住了整個道路。

爆炸的一瞬間，巨大的衝擊波將曹操這邊掀得人仰馬翻，曹操也墜落馬下，一屁股坐在一塊石頭上。

更令他難受的是，石頭的棱角不偏不倚的對準他屁股中間最軟的地方，下體登時傳來一陣火辣辣的疼痛，堅硬的石頭就那樣硬生生地插進了他的肛門裡。

「哇」的一聲大叫，曹操掩飾不住身心的疼痛，全部表現在了臉上，整個面部極為扭曲，像是被鬼手蹂躪過一樣，加上目睹曹洪的死，傷心與疼痛同時湧上心頭，所有的感覺都集中在了一起，讓他極為難受，登時大喊道：「痛煞我也！」

夏侯惇、夏侯淵、曹仁看到曹操崩潰的樣子，以為是因為曹洪的死導致的，紛紛跳下馬背，盡皆垂淚道：「主公……請節哀順變……」

「快！快扶我起來……」曹操一臉的難受。

夏侯惇、夏侯淵、曹仁將曹操攙扶起來，赫然發現曹操的屁股中間插著一塊堅硬的石頭，都是一驚。

曹操一臉尷尬，怒道：「看什麼看！快拔出來！」

曹仁忙道：「不能拔！此物已經深入肌體，必須找大夫，此時道路阻塞，現在子廉身亡，主公又受傷了，我看還是撤回長安，再做他想。」

夏侯惇、夏侯淵深表贊同，齊聲道：「我等附議。」

曹操當即道：「子孝、妙才留下，繼續追逐高飛，潼關天險，他無法渡過，你繼續向前，務必要將潼關控制在我軍手中，不然的話，長安將暴露在別人的兵鋒之下。元讓，你送我回長安！」

夏侯惇、夏侯淵、曹仁齊聲道：「諾！」

當即，夏侯惇找來木板，讓人抬著曹操回去。由於曹操屁股上插著一塊石頭，為了掩飾其尷尬的樣子，夏侯惇還不忘找來衣物遮擋。

曹操撅著屁股趴在木板上，疼痛難忍的他，不斷地催促著夏侯惇快點回去。

夏侯惇等人抬著曹操，夏侯淵、曹仁命人搬開擋住道路的巨石，進展十分的緩慢，忙活了一個多時辰，道路終於恢復暢通，又找尋了曹洪的肢體，在霸陵附近暫時安葬，待以後再重新修建墳墓，這才向前繼續追逐。

高飛等人從霸陵城安全退出來之後，前面的百姓擋住了道路，不得已之下，高飛等人全部騎馬從官道兩邊行走，並且告知百姓找地方躲避追兵。

由於坍塌的城門成功阻滯了追兵一個多時辰，所以高飛等人越過那撥難民潮，一路向潼關方向而去。

途徑華陰縣城時，祝公平回了趟家，帶走祝家莊內的金銀細軟，並且帶了一些米糧，將多餘的米糧就地發放給當地的窮苦民眾，希望他們能夠阻止一下後面的追兵。

一路向東，奔馳一個晝夜，於第二天中午的時候遇到從潼關方向趕來的兵將。

一員虎將提著一柄鎏金大斧，頭戴鋼盔，身披鋼甲，胯下騎著一匹青栗色戰馬，左邊的臉頰上有著一塊青灰色的胎記，正是華夏國右車騎將軍徐晃。

徐晃身後跟隨著兩員戰將，一個是面黑如炭、滿臉虬髯的周倉；一個是一臉冷峻、留著絡腮鬍的高林，三人的身後跟著數百名騎兵，華夏國的大旗迎風飄展，後面是一眼望不到邊的步兵，捲起一陣陣灰塵。

兩下相見，徐晃急忙勒住馬匹，下令停止前進，他和周倉、高林翻身下馬，向前迎住高飛，跪地道：「臣等救駕來遲，請陛下責罰！」

高飛一馬當先，看到徐晃、周倉、高林等人出現，登時驚奇道：「你們攻克了潼關？」

徐晃搖搖頭，說道：「啟稟陛下，是馬岱主動撤軍，放我們入關的，並且親自將潼關交給了我軍。」

「馬岱？他人呢？」

「已經帶著軍隊撤去了，不知所蹤。」

高飛想了想，覺得司馬懿的計策確實奏效了，馬超果然按照司馬懿給的計策行事。他急忙對徐晃、周倉、高林三個人喊道：「你們都起來，這次帶了多少兵馬？」

「騎兵一千，步兵四千，一共五千人，另外趙將軍也已經從洛陽出兵支援，一萬援軍明日即可趕到。」徐晃站起來回道。

高飛興奮地道：「太好了，傳令下去，全軍兩地散開，埋伏在山道兩旁，準備伏擊追兵。」

一聲令下，徐晃當即下令埋伏，四千步兵分別埋伏在兩邊的山道上，徐晃帶著一千騎兵向西奔馳了將近五里，才到了一處可以埋伏的稍大點的林子，人銜枚、馬裹足，一邊安撫馬匹，一邊砍下一些樹木放在道路兩旁，借助樹木的枝葉擋住他們。

高飛則讓祝公平、劉宇，護送司馬懿以及劉宇的家人，還有從秦國一路跟隨來的隨從向潼關方向而去，他和祝公道、卞喜留了下來，埋伏在山林當中。

一個多時辰後，夏侯淵、曹仁帶著追兵追至，看到前面狹窄彎曲的山路，便命大軍停下，掃視了一下整個山路，在那裡猶豫不決。

「子孝，高飛就二百多人，還擔心他埋伏嗎？」夏侯淵見曹仁如此謹慎，問道。

「此地離潼關太近，而且地勢凶險，易於埋伏，如果華夏軍攻克了潼關，大軍與高飛會合，要是埋伏在這裡，那我們去了，就是有去無回了，我只是擔心中了埋伏而已。」曹仁分析道。

夏侯淵點點頭，覺得曹仁說得有理。

他們兩個都是擅於用兵的大將，深得曹操的信任和青睞，此時眼觀六路，耳聽八方，注視著山道上的一舉一動。

這時，從隊伍的後面來了兩三個渠帥，看見曹仁、夏侯淵停滯不前，便喝問道：「你們為什麼不前進，在這裡瞎看什麼呢？」

曹仁道：「前方道路凶險，恐有埋伏。」

「區區二百來人，即使埋伏又能如何？你們這些膽小鬼，都給我閃開，看我們羌人的厲害！」渠帥呵斥道。

夏侯淵聽後，心中極為不爽，白了那渠帥一眼，拉著曹仁退到一邊，小聲說道：「燒當羌氣焰囂張，不如讓他們在前面，我們在後面觀戰，如果真的有埋伏，這些羌人死了也一了百了，如果沒有埋伏，我們再向前衝。」

曹仁深表贊同，當即和部下讓開一條道路，任由那幾名渠帥帶領著部下，一路高呼著為羌王報仇的口號，浩浩蕩蕩的衝了過去。

高飛伏在一塊岩石的後面，看到羌人為前部，已經深入彎曲的山道兩里多，而且後面的羌人騎兵也陸陸續續的進來了，便告訴傳令兵，讓傳令兵以旗語的方式通知埋伏在山道兩邊的周倉和高林，讓他們延緩行動，等待新的命令。

又過了一會兒，羌人即將駛出這段最狹窄的山道時，高飛看準時機，一聲令下，埋伏著的四千士兵紛紛將早已準備好的滾石擂木拋到山道上，砸死砸傷了不少騎兵，又取出連弩予以射擊。

密集般的弩箭在這種場合下發揮出巨大的威力，將在埋伏圈內的五千多羌騎全部射殺，一個都沒跑掉。

曹仁、夏侯淵一看到羌人受到埋伏，便帶著剩餘的一千多羌騎開始撤退，剛退到一半，徐晃提著一把鎏金大斧，帶著五百騎兵便擋住了去路。

「徐某等候你們多時了！」徐晃將鎏金大斧橫在胸前，看到曹仁、夏侯淵時，眼中冒出了精光。

曹仁、夏侯淵對視一眼，同時喊道：「殺出去！」

二將拍馬舞動著手中的兵器，一起向著徐晃衝了過去，身後士兵緊緊跟隨。

未等他們衝到，埋伏在道路兩邊的另外五百騎兵紛紛用手中的連弩射出了弩箭，成百上千的弩箭飛舞出去，登時射死一片羌騎。

夏侯淵挺著長槍，曹仁舞著大刀，帶著身後的幾十騎親隨，在後面是驚慌失措的羌騎，一古腦的朝徐晃這邊衝了過去。

「讓開！」

夏侯淵大叫一聲，收起一槍便刺了出去，直取徐晃喉頭。

曹仁也是「哇呀呀」的大叫著，拍馬舞刀，眼看逼近徐晃，一刀便當空劈了下去。

徐晃舉起鎏金大斧，先是撥開了夏侯淵的長槍，緊接著又架住曹仁的大刀，然後「呀」的一聲大喝，鬍鬚倒張，臉上青筋蹦起，本來就因為那塊青灰色的胎記而顯得有點另類的徐晃，此時面目更加的猙獰，猶如一頭野鬼。

「呼呼呼！」

徐晃架開曹仁的大刀，大斧順勢劈出，一人力敵夏侯淵、曹仁兩位大將，絲毫不膽怯，反而將大斧耍得虎虎生風，威猛異常。

曹仁、夏侯淵急著逃走，無心戀戰，但見徐晃大斧擋住去路，兩人對視一眼，突然向反方向奔馳，邁上山坡，見到士兵前來拒敵，胡亂揮動了幾下，逼開前來拒敵的人，直接逃走了。

徐晃見部下準備追逐，當即喊道：「窮寇莫追！」

於是，部下騎兵放棄追逐，配合徐晃形成合圍之勢，和那一千多被包圍著的羌騎展開了廝殺。

日落西山，暮色四合，山道中灑滿了鮮血，染紅了這片大地，山道中屍橫遍野，斷裂的肢體隨處可見，綿延六里，六千多羌騎盡皆喪命在此山谷之中。

天色將黑，高飛、祝公道、卞喜、周倉、高林等人全部來到徐晃這邊，知道夏侯淵、曹仁走脫後，當即合兵一處，趁著這股勢頭，定下了連夜奔襲的策略，並且讓卞喜通知趙雲加快行軍。

有了兵和將，高飛不再退卻，開始反攻，準備憑藉著這點兵力，出其不意，趁機奪下長安城。

高飛引徐晃、祝公道帶領一千輕騎在前奔馳，讓周倉、高林帶領步兵緊隨其後，卞喜做嚮導，連夜向西挺進。

徐晃引一百名騎兵在前方開道，祝公道護衛著高飛，引著九百名輕騎兵緊隨徐晃後面，一夜狂奔，經過華陰、鄭縣、新豐三縣，重新抵達霸陵。

天色微明，高飛等人抵達霸陵東城門前，看到東城門的道路被堵住了，心想定然是夏侯淵、曹仁所為，便讓人去搬開堵住道路的巨石。

正搬運間，忽然聽到正南方向傳來一陣急促的馬蹄聲，馬超帶著馬岱和一撥馬步軍護衛著四輛馬車而來。

高飛和馬超一經照面，都是驚詫不已，高飛看到馬超血透戰甲，面色憔悴，一身的疲憊樣子，而馬岱也是差不多，身後的馬步軍更是狼狽不堪，像是剛從死亡線上逃出來的一樣。

馬超看到高飛面色蒼白，兩眼發黑，像是許久沒有休息。可是身邊的人卻精力旺盛，不禁奇怪。

短暫的對視後，高飛、馬超策馬向前，走到兩軍的正中間。

「太子殿下別來無恙？」高飛首先開口問道。

「陛下別來無恙？」馬超反問。

兩人誰也沒有回答，對視良久之後，哈哈大笑了起來。

高飛和馬超的大笑，讓兩邊的人都很納悶，紛紛將目光集中在他們身上。

「你可願意和我一起回華夏？」高飛打破兩人間的平靜。

馬超想了一會兒，回頭看看身後的家眷以及慘敗而歸的士卒，心中極為難受。他本來帶著部下要經子午谷去漢中的，可是中途遇到伏擊，拼死才殺出了重圍，被迫又退回了霸陵。

此時，高飛盛意拳拳的邀請他去華夏，其中的意思，他自然明白。只是他還沒有想好，**難道自己辛辛苦苦的努力就要在今天徹底瓦解了嗎？**

他的皇帝大夢一去不返，國仇家恨壓在他的雙肩上，那種沉重的負擔，讓他差點喘不過氣來。

高飛見馬超正在猶豫中，便進一步地說道：「孟起，**你忘了你的國仇家恨了嗎？**如果你願意，我們現在就可以一路攻到長安，去找背叛你的人報仇！」

馬超聽到「報仇」兩個字，心中一怔，頓時抬起頭望著高飛，見高飛的雙眸中射出炙熱的目光，那目光足以使得每個人的熱血燃燒起來。

他再次看了一眼自己的家眷，最後說道：「好！」翻身跳下馬背來，將地火玄盧槍插在地上，單膝下跪，抱著雙拳，向高飛道：

「馬超願意從此以後歸順大皇帝陛下麾下，從此以後，甘願聽從大皇帝陛下的調遣，我為馬前卒，願替大皇帝陛下掃清一切障礙！」

高飛聽到馬超這句回答，當下欣喜若狂，急忙翻身下馬，親自將馬超扶了起來，開心地說道：「孟起快快請起，朕得孟起，如虎添翼，他日平定天下，指日可待！」

官道上傳來隆隆的馬蹄聲，趙雲身披鎧甲，帶著一撥騎兵奔馳而來，身後更是長長的隊伍，一眼望不到頭。

趙雲見高飛握著馬超的手，已經心知肚明，當即策馬快速來到高飛的身邊，翻身下馬，跪地拜道：「臣救駕來遲，還請陛下責罰！」

高飛急忙扶起趙雲，重重地在趙雲的肩膀上拍了拍，指著馬超說道：「子龍，朕從此以後又多了一員虎將，你們也並不陌生，之前是敵對，從今以後要多親近親近！」

「亡國之臣馬孟起，見過虎威大將軍！」馬超率先放下身架，朝趙雲拜道。

趙雲也很客套地回了一禮，說道：「久聞馬將軍大名，如雷貫耳，今日能同殿為臣，實在是三生有幸！」

兩個人互相客套完畢，高飛當即問道：「子龍，你帶來多少騎兵？」

「三千騎兵，七千步兵，步兵隨後趕到，沿途遇到周倉、高林，便將步兵合兵一處，現在正朝這邊趕來。」趙雲說道。

高飛點點頭，對馬超說道：「朕現在要去攻打長安，你可願隨行？」

馬超當即抱拳道：「求之不得！」

高飛聽後，笑了起來，讓人加緊搬開路障。

過了一會兒，周倉、高林、滇吾、烏力登帶著一萬多步兵都趕到了，小小的霸陵城東門前的空地上被堵得水泄不通。

當徹底移開路障後，高飛帶著趙雲、馬超、徐晃、卞喜、祝公道以及四千騎兵為前部，向長安方向奔馳而去；周倉、高林、滇吾、烏力登則率領著步兵緊隨其後，馬岱則帶著馬超的家眷以及殘兵敗將向東退去。

其中，趙雲、徐晃各自率領一百騎在前面開路，卞喜、祝公道護衛在高飛的左右，馬超緊隨在高飛身後。

對於馬超的歸順，高飛早有所料，但是馬超的個性他十分清楚，**如果不是為了借助他的力量報仇，馬超又怎麼會輕易歸順。**

不過，既然歸順了，**既要用，也要防**。

一路馳騁，奔馳了約莫三十里，忽然聽見一聲號角聲，道路兩邊的林子裡登時顯現出黑壓壓的一片人，成千上百的箭矢猶如暴風驟雨般的向著高飛等人射來。

前面的道路上，夏侯惇帶著騎兵擋住了去路，後面夏侯淵、曹仁截斷了歸路，將高飛等人全部包圍在這狹長的道路中，數倍於華夏軍的羌騎不停地放著箭矢，只一會兒時間，便有數百人當場斃命。

高飛一邊撥開箭矢，一邊掃視一眼這些埋伏的羌人，但見羌人各個精神抖擻，紅光滿面，一點都沒有激鬥過的疲憊。

他忽然想起羌人還有二十萬的援軍要到來，只因占領潼關後，又伏擊了夏侯淵、曹仁，被勝利沖昏了頭腦，以至於忘卻了此事，便立刻叫道：

「撤！快撤退！」

箭矢如雨，密密麻麻地朝著華夏軍射去，士兵儘管裹覆著鋼製的鎧甲，可是並非完全裹覆，以至於許多人受傷，有的馬匹被射成了刺蝟，傷亡慘重。

一聲令下，祝公道護衛在高飛的身邊，趙雲、徐晃調頭後退，卞喜使用飛刀不停地向敵人射去。

藉著鋼甲和鋼盔的優勢，華夏軍減少了不少傷亡，可是如此密集的箭雨如果不快點衝出去，只怕早晚要全軍覆沒。

馬超見中了埋伏，調轉馬頭後，當即怒吼一聲，猶如一隻被困在囚籠中的野獸，吼聲如雷，震懾整個山谷。

一聲吼畢，馬超挺著地火玄盧槍策馬狂奔，扭頭對高飛大聲叫道：「陛下請跟我來！」

話音一落，馬超騎著那匹白色的戰馬向山坡上奔馳而去，整個人藏在馬肚下面，看不到人影，眾人只見一匹沒有人騎的駿馬在奔馳。

羌人正在不停地射擊，看見一匹駿馬奔馳過來，當下歡喜不已，有些羌人忍不住，當即丟下手中的弓箭，揮動著套馬索，準備將馬超的馬給套住。

愛馬是羌人的天性，尤其是看見一匹上等的駿馬，更是愛不釋手，恨不得將那匹馬據為己有。

馬超的座下戰馬產自西域大宛國，大宛馬高貴的血統、優良的耐力和驚人的奔跑力一直深受羌人喜歡，但是這種戰馬價格不菲，一般人絕難擁有，所以這匹白色的戰馬一出現時，立刻吸引住羌人的眼球。

「我的……牠是我的……」

羌人見戰馬朝他們奔來，紛紛爭相欲去搶奪那匹高貴的大宛馬。於是，左側的山坡上頓時出現一陣騷亂，羌人你推我，我推你，不多時，騷亂便演變成拳腳相加的爭奪大戰，不少人開始破口大罵，直接用武力解決，一時間使得羌人亂上加亂。

另外一側的山坡上，徐庶看著高飛的兵馬死傷過半，正在高興呢，突然看到那邊的羌人亂了陣腳，互相毆打起來，不禁皺起眉頭。

當他看到那匹白馬，只感覺似曾相識。正猜測那匹戰馬是誰的時，突見白馬的肚子下面一個人竄到了馬背上，那身打扮，正是馬超。

他心中一驚，失聲道：**「馬超竟然投靠了高飛？」**

馬超的突然出現，讓那些爭奪馬匹的羌人措手不及，都是一陣錯愕。有十幾個人來不及躲閃，便被馬超一人長槍接連挑死。其餘的羌人看到馬超，都十分害怕，那英姿颯爽的樣子，令人望而生畏。

「天……天將軍？」

羌人沒有不認識馬超的，他們就算不認識羌族各個部落的羌王，也一定認識馬超，因為馬超的英勇在羌人心中享有極大的名氣。

十歲縱橫羌中，十一歲無敵於西北，被羌人冠以神威天將軍的馬超一出現，立刻引來一陣轟動。

馬超登上山坡的最高處，連續殺了二十多個羌人，縱馬橫槍，深吸一口氣，大聲喊道：「我乃馬超，爾等速速退卻！」

一聲大喝，響徹整個山谷，馬超二字如雷貫耳，許多正在挽弓射箭的羌人登時驚呆了，怔了一會兒，接著便四散開來，紛紛逃竄，以躲避馬超，兩萬多羌人瞬間便消失的無影無蹤。

徐庶、夏侯惇、夏侯淵、曹仁等人見羌人退卻了，也是一陣吃驚，本以為馬超已經威名掃地，哪知道馬超餘威尚在，羌人竟然怕成這副模樣。眼見他們帶來的數百名親隨將暴露在華夏軍的眼皮子底下，一行人則順勢逃竄，一溜煙的功夫便不見了。

高飛親眼目睹馬超一聲大喝便嚇退數萬雄兵，簡直不敢相信自己的眼睛，不禁感到馬超的驚人實力，也感到存在著一股威脅。

回頭看了下山谷，橫屍遍野，兩千多華夏國的士兵連人帶馬被射殺在這個山谷當中，當即對卞喜說道：「去前面打探一下。」

卞喜「諾」了聲離開，留下來的人開始收拾殘局，馬超從山坡上下來，來到高飛的面前，關切地問道：「陛下，你沒事吧？」

「沒事。」高飛道：「孟起威名猶存，**單騎退雄兵**，實在是讓朕刮目相看。」

馬超慚愧道：「不過是借用昔日威名而已，也幸得這批羌兵是燒當羌，在群龍無首的狀態下，才能嚇退他們。」

不多時，卞喜去而復返，回來稟告道：「前方羌騎重重，多不勝數，一眼望去，綿延至長安城下，如今已經停滯不前。」

高飛嘆了口氣，道：「攻打長安已失去戰機，有那麼多羌人在，我軍這點兵力顯得太少了，加上孤軍深入，很容易出事，不如暫且退回潼關，徐徐圖之！傳令下去，後隊變前隊，全軍撤退！」

高飛等人這邊一退，徐庶、夏侯惇、夏侯淵、曹仁便重新聚集在一起，看到華夏軍將死去士兵的屍體都帶走了，只留下一地的血痕。

「軍師，羌人對馬超還是很顧忌，有馬超在，要想抓到高飛，可是有點困難。」夏侯惇先發言道。

徐庶道：「目前主公、許褚、曹休都受傷了，曹真在照顧主公，荀大人、劉大人、滿大人都在照顧傷兵，長安城已經破爛不堪，如果我們不能借助羌人的力量奪下潼關，等到羌人一退，以我們目前的兵力，就再難攻打潼關了。」

「那怎麼辦？有馬超在，羌人肯定不會向前。不過馬超居然會投靠高飛，這真是出乎我的意料。」夏侯惇道。

徐庶想了想，回頭看了眼布滿整個曠野的羌騎，從長安城到他所在的位置，一共有二十多萬騎，這是多麼龐大的數字，援軍於今早抵達，二十萬騎兵都個個精神抖擻，但是他們對於馬超的畏懼，是無法在短時間內消除的。

「重賞之下，必有勇夫，只要許以高官厚祿，金銀財寶，這些羌人為了好處，肯定連親娘都不認識！馬超再厲害也不過只是一個人，到時候煩勞三位將軍纏住他，我指揮羌人強攻潼關。」徐庶最終定下了策略。

曹仁道：「此法可行，馬超有勇無謀，只要將他引到遠處，不讓羌人看見就是了。潼關雖然易守難攻，但是那是相對於關東，如果從關西進攻，相對容易些，只需三萬，就可以將潼關攻下。」

徐庶道：「保險起見，還是全部出擊，以十萬之兵強攻潼關。」

「諾！」

計議已定，夏侯惇、夏侯淵、曹仁三人便分別馳入羌人之中，聯繫羌人的首領，許以高官厚祿、金銀財寶，頓時激起了羌人的貪婪之心。

不一會兒功夫，以燒當羌、參狼羌、白馬羌三大部族為首的各部渠帥，在白馬羌羌王的召喚下聚集在一起。眾人進行了一番激烈的商討，足足爭執了半個多時辰，共推白馬羌羌王**多瓦**為新的西羌王。

多瓦當即對眾首領發號施令道：

「我們反叛天將軍，無非是為了多得點好處，如今長安城已經殘破不堪，各部族的人死傷無數，可是我們又得到了什麼？那叫曹操的人不過是亡國奴，得到天將軍的眷顧，才得以在關中立足，雖然許給了我們高官厚祿，可是大家都應該明白，漢人們是不可能真正的給我們官做的。

「長安城的國庫、武庫都被曹操的人看守得好好的，不許我們去拿，可死的人最多的是我們羌人，不是他們漢人。我想，我們有權利要求成為西北的霸主，他們既然不給我們，我們就自己拿，關中之民遠比涼州百姓富庶，我們現在假意跟隨徐庶等人去潼關，沿途所過之處盡皆搶掠一空，抓獲漢人為奴，帶回我們的駐地，我們才不虛此行！」

眾位部族首領都紛紛點首稱是，於是眾人暗中定下計策，決定響應徐庶的號召，以十萬之兵假裝進攻潼關。

徐庶得到羌人的答覆後，當下大喜，選出三萬勇士安排在最前面，讓曹仁指揮，七萬大軍隨行助戰，由他親自帶領。

忙活一陣後，十萬羌人騎兵這才浩浩蕩蕩的出發，徐庶自任三軍總指揮，讓曹仁為前部都督，夏侯惇、夏侯淵分別為左右先鋒，前鋒三萬敢死之士開道，徐庶自引其餘羌族各首領帶著七萬騎兵在後尾隨，十萬大軍疾速向東奔馳。

十萬大軍一經上路，沿途所過的縣城、村莊，見到財物都搶劫一空，稍有反抗，舉刀便殺。

這大大的出乎了徐庶的預料，見到此種情況，徐庶當即回頭對身後的各部族羌人首領說道：「我們是去攻打潼關，只要潼關攻克了，你們要多少財物，我主公就給多少，現在請你們約束自己的部下，讓他們不要再做出出格的事情，不然的話，關中百姓受到迫害，會轉而投靠華夏國的。」

多瓦反嗆道：「我們死了那麼多人，你們又不兌現承諾，我們只好自行取之，他們的兄弟、父輩都戰死了，取點財物而已，慰籍一下自己，何必大驚小怪？」

「可是……只要你們能攻下潼關，抓獲華夏國的皇帝，就可以擁有華夏國所有的財物，關中之民太過貧瘠，沒有關東的百姓富庶，我們還是到關東再搶吧。」徐庶苦口婆心地道。

「關東離這裡還遠著呢，我們先隨便拿一點財物，不礙事的。」多瓦根本不將徐庶放在心上，傲慢地說道。

徐庶看到多瓦和其他部族首領貪婪的眼神，瞬間明白這絕對是個大錯誤。可是現在他們有求於這些羌人，需要借助羌人的力量來攻下潼關，他無法約束，也只能眼睜睜地看到這些百姓受到羌人的殘害。

曹仁、夏侯惇、夏侯淵在前面行走，身後羌騎不聽號令，他們也無可奈何，見到羌人擅自搶掠財物，見什麼東西就搶，不禁怒火中燒。

「他娘的！這些人怎麼敢如此？我去殺了……」夏侯惇第一個怒道。

曹仁急忙打斷夏侯惇的話，說道：「這裡有十萬人，你若是殺了一個，就等於和這十萬人為敵。」

「那也不能眼睜睜的看著他們搶掠啊！這以後，關中豈不是亂得不成樣子？」夏侯惇道。

「救命啊……救命啊……」

一個女人的尖銳叫聲登時傳了過來，引來曹仁、夏侯惇、夏侯淵的目光，他們看到幾個羌人正將一個女人拉到一片乾草垛上，將女人身上的衣物撕得一絲不掛，準備對那女人施行暴行……

三個人看了，都是一陣心痛。夏侯惇忍不住了，「呀」的一聲大叫，策馬狂奔，舉起大刀便將那幾名羌人全部斬殺。

其餘羌人看到自己部族的士兵被殺後，都一起來圍攻夏侯惇，數十騎兵一起衝了過來，將夏侯惇包圍在裡面。

曹仁、夏侯淵見狀，都是一陣驚慌，見到羌人越來越多的圍攻夏侯惇，急忙帶著身後的一百騎親隨去拯救夏侯惇，一陣混戰過後，引來更多羌人的關注，數百名羌人騎兵反倒將曹仁、夏侯惇、夏侯淵等一百多人全部包圍在一起。

徐庶在中軍行走，和西羌王多瓦等人在一起，忽然看到一個羌人騎兵從前面奔馳而來，不知道為什麼，**他突然有一種不祥的預感**。

「大王！大王！不好了，曹仁、夏侯惇、夏侯淵等人正在屠殺我們的族人！」那名羌騎奔馳到多瓦身邊，大聲喊道。

多瓦聽後，頓時一驚，當即拔出馬刀，扭頭準備舉刀砍向徐庶，哪知徐庶已經不見了蹤跡，掃視四周，但見徐庶朝後跑了，一路向西退去，穿梭在羌騎中間，很快便消失不見。

「賊你娘！把曹仁、夏侯惇、夏侯淵殺了！傳令下去，所過之處，盡皆給我燒光、搶光，將所有的漢人全部抓起來，繼續向前行進，不到潼關前面不許後退！」多瓦命令道。

「諾！」

多瓦對身後的一名渠帥說道：「你火速回長安，讓餘下的十餘萬騎全部行動起來，我們要**洗劫關中**。**昔日北宮伯玉、韓遂他們未能完成的大業，將要在我的手中完成**，將所有漢人全部帶回羌中，不從者全部殺掉，一個不留！」

那名渠帥「諾」了一聲，當即調轉馬頭，便朝長安方向趕去。多瓦則帶著許多部族首領去前線，指揮部眾圍攻曹仁、夏侯惇、夏侯淵。

此時，曹仁、夏侯惇、夏侯淵被數百騎兵重重圍住，雖然殺掉的羌人不少，可是只感覺越殺越多，沒完沒了。

三個人見如此下去不是辦法，當即決定突圍而出，抖擻了下精神，集中所有力量，向西南方向衝殺出去，羌人抵擋不住，被三人衝出了重圍。

等多瓦趕到的時候，曹仁、夏侯惇、夏侯淵已經不見了，他也不下令去追，只讓士兵繼續向東前進，一路上燒殺搶掠，關中百姓備受磨難。

羌人只要是看到的東西，不管是什麼都搶過來，財物放在馬背上，人口搶掠過來就用繩索拴著，不聽話就殺，一時間百姓怨聲載道，哀聲遍野。

死者更是多不勝數，許多剛從長安城逃難出來的百姓，此時又遭受到這種災難，堪稱是滅頂之災。

卻說徐庶逃出來後，看後面沒人追逐，自覺失策，竟忘記了羌人貪婪的本性，不禁在心中將羌人罵了一遍。

可是罵歸罵，他能做的只有儘快回到長安，因為長安城那裡還有十餘萬羌人，一旦得到消息，整個關中將成為一片焦土，復國的大業將不復存在。

正奔馳間，忽然聽到背後一騎追來，回頭看是一名羌人的渠帥，他想這是回去通風報信的，當即調轉馬頭，抽出腰中佩劍，朝那名渠帥便衝了過去，兩馬相交，一劍將那名渠帥的腦袋砍下。

徐庶插劍入鞘，再次調轉馬頭，向回奔馳。

行至霸陵城，忽然見到前方一彪大軍浩浩蕩蕩的奔馳而來，為首一人英姿颯爽，一身盔甲，看上去頗有幾分儒雅，但見大旗上書寫著「索」字，比及鄰近，這才看清正是索緒。

徐庶心中一驚，急忙找地方掩護，細瞧之下，看見索緒身邊還有一人，是曹真，他立刻明白過來，定然是索緒已經歸附了，他急忙招手喊道：「子丹！子丹！」

曹真老遠便看見徐庶了，當即縱馬來到徐庶面前，勒住馬匹，叫道：「軍師，剛剛探馬報告了前方情況，主公派我來問你，前面羌人因何燒殺搶掠？是受何人指使？」

「唉！別提了，是我失策，忘記羌人的貪婪本性，他們自發燒殺搶掠起來，我們兵少控制不住。」

正說話間，曹仁、夏侯淵、夏侯惇滿身血污的帶著幾十名騎兵從後面趕來，索緒也策馬趕了過來。

幾人當下相見，索緒當即問道：「羌人以誰為首？」

「白馬羌羌王多瓦！」徐庶道。

「原來是他！多瓦殘暴不仁，生性好殺，我帶來了兩萬大軍，正好派上用場。關中百姓不能再經受此等災難，必須儘快將這些羌人全部予以誅殺。」索緒朗聲說道。

徐庶、曹仁、夏侯惇、夏侯淵、曹真聽後，都覺得是這個道理，**可是前方有十萬羌騎，如何說殺便殺？**

索緒看出了眾人的擔心，當即道：「我和張繡已經歸順魏侯，張繡分兵駐守在武都和漢中，此時關中大亂，外人不得而知，若是拖延久了，只怕會引來鄰國覬覦。我已命令張繡招撫長安城的羌人，送上財物，將他們遣散回去，並讓他趕赴涼州，招降涼州各郡官吏。現在剩下的就只有這十萬羌騎，必須讓他們血債血償。」

對於索緒這個人，徐庶雖然不太瞭解，但是從陳群的推崇來看，此人確實有一套，是個帶兵的大將。他見索緒安排得井井有條，彈指間便令在長安城附近的十餘萬羌人退回羌中，又親自帶兵來殺為亂的羌人，證明他是一個文武雙全的人物。

徐庶看了眼曹真，見曹真點點頭，便道：「羌人十萬，你只有兩萬，如何能在短時間內全部誅殺呢？」

索緒道：「只需借你們幾個人用一下即可，**我自有破敵之計，只是不知道你們是否願意暫時委屈一下，成為我的俘虜？**」

徐庶聽後，眼前一亮，問道：「你是想……」

他話說了一半，便戛然而止，臉上露出滿意的笑容。

曹真第一個站出來，道：「主公有令，讓我們盡皆聽命於索將軍，我曹子丹願意助索將軍一臂之力！」

徐庶、夏侯惇、夏侯淵、曹仁四人也都毫不猶豫地道：「請索將軍下命令吧！」

索緒當即說出自己的計策，得到了眾人的認可，於是徐庶、曹仁、夏侯惇、夏侯淵、曹真等人都甘願給索緒當俘虜。索緒也不客氣，讓士兵將這些人五花大綁一番，然後派人去通知多瓦，央求見面。

斥候策馬馳出，索緒等人穿著打扮都是秦國士卒，打的旗幟也是秦國的大旗，兩萬馬步一路浩浩蕩蕩向東而進，一路上鑼鼓喧天，生怕別人不知道，朝驪山腳下而去。

第三章

花錢消災

郭嘉想了想道：「皇上，臣有一策，但需要耗費極大的財力，不知道當講不當講。」

「如果花錢能夠消災，沒有什麼不能接受的！但講無妨。」

「臣以為，要對付先零羌，可以採取懷柔政策，先禮後兵，雙管齊下。」

此時羌人正在新豐縣為亂，燒殺搶掠，奸淫婦女，無惡不作，百姓苦不堪言。

羌王多瓦帶著眾位部族首領站在一個高坡上，眺望著下面滿目瘡痍的新豐縣城，看到每個人都滿載而歸，馬匹上馱滿了財物，十分的開心。

新豐縣城的東北角有一個大坑，全城反抗的百姓，男男女女、老老小小都躺在血泊之中，被投進這個大坑中，更可怖的是，這些躺著的全是無頭的屍體，腦袋都被羌人給砍走了，拴在馬項上以炫耀自己的功績。

還有不少女人的屍體更是慘不忍睹，她們一絲不掛，叉開著大腿仰躺在那兒，有的被割了乳房，有的被剖開肚子，有的下體上還插著箭矢，可以想像殺她們的人是多麼的殘忍。

多瓦一臉笑意地看了下身後百餘名各部族的渠帥，指著背後問道：

「昔日我西羌勇士多次反叛大漢，可曾有如此風光？遠的不說，就說近的，北宮伯玉也曾經招誘我們羌人跟著他們一起犯上作亂，結果還是被平定了。**也只有我，我這個偉大的西羌王，太陽神的兒子，才能帶領大家在這裡燒殺搶掠**，漢人欺凌了我們那麼久，把我們趕到邊邊上，以後我們西羌也該是崛起的時候。只要你們一直跟著我，我保證，他日問鼎中原，我當了皇帝，我都封你們為王！」

「萬歲！萬歲！萬歲！」羌人大聲地歡呼道。

這時，一名騎兵帶著一個秦軍斥候跑了過來，見到多瓦後，那騎兵先是耳語了幾句，多瓦聽後，眼前一亮，急忙問那名秦軍斥候：「你家將軍果真要歸順於我？」

斥候點點頭道：「是的，大王。我家將軍自漢中趕來，一路反擊，先行擊敗了曹操等人，只是曹操等人跑得太快，未能抓獲。我家將軍和羌人曾經同朝為官，是一殿之臣，昔日太子殿下在的時候，我們又是多麼的和睦，之所以有如此衝突，不過是曹操等人在中間挑撥。現在我家將軍得知皇帝陛下被殺，太子下落不明，然秦國江山仍在，所以願意以大王為主，請大王稱帝，接任秦國大業。在來的路上，我家將軍又捕獲了徐庶、曹仁、夏侯惇、夏侯淵等人，準備用他們的頭顱來祭天。除了我家將軍外，還有張繡將軍也是如此意思。」

多瓦心中歡喜異常，馬超是帳下四大將之首，能文能武的索緒居然要歸順自己，還要讓自己當皇帝，這是何等的榮耀！而且同為四大將之一的張繡也要擁立自己，這麼說來，他就可以在關中稱帝，徹徹底底的做漢人的皇帝，把漢人踩在腳下，那麼他還用得著搶奪這些財物嗎？

「太好了，你家將軍現在何處？」多瓦心花怒放地問道。

「目前駐紮在驪山腳下，離此不遠，已經紮下大營，又從長安拉來美酒準備宴請大王，準備和大王一起舉行誓師大會，特地派我來請大王，以及諸位渠帥和所有的族人一起去狂歡。」

多瓦被勝利沖昏了頭，他知道索緒兵少，而他身邊有十萬大兵，長安那裡又有十多萬，這麼多人，諒索緒不敢耍什麼花招，當即吩咐道：

「傳令下去，全軍移往驪山，所有人今夜去驪山腳下狂歡，明天本王就要稱帝，你們都是我的開國功臣，哈哈哈哈……」

於是，羌人將羌王多瓦的命令傳達下去，十萬羌人聚攏在一起，個個滿載而歸，前面跟著多瓦向驪山而去，後面則押著俘虜的漢人百姓，成群結隊的向驪山而去。

驪山腳下，索緒已經紮好足夠容納十多萬人的一座大營，他將兵將分別立在四個邊角上，自己帶著數百親隨備下美酒，等候在軍營門口，靜待著羌王多瓦的到來。

傍晚的時候，多瓦帶著十萬之眾，外加數萬俘虜來到驪山大營，見索緒親自迎接，四周張燈結綵，鑼鼓喧天，弄得歡天喜地的，很是滿意。

多瓦到軍營的寨門前，索緒手捧一碗美酒，率領部下跪在地上，朗聲道：

「恭迎大王大駕。」

多瓦被這番氣氛烘托的十分開心，彷彿自己真的成了皇帝一般，學著昔日馬騰的威嚴樣子，說道：「平身！」

索緒站起來後，徑直走到多瓦的身邊，舉著那碗酒對多瓦道：「大王，請滿飲此杯。」

多瓦想都沒想，當即喝掉，然後將碗摔在地上，開心地叫道：「索將軍，我們又見面了，不過這次卻是難為索將軍了，從此以後要每天給我下跪啦。」

索緒笑道：「這是末將應該做的。大王，請進大營吧，今夜天色已晚，暫且在此度過一夜，我已經讓人備足了美酒，足夠十多萬人喝的，大家開懷暢飲，明日酒醒之後，我們便回長安，然後舉行登基大典，讓大王登基稱帝，以穩定大局。」

多瓦聞言讚道：「很好，你安排得十分好。」

於是，十萬羌人陸續入營，俘虜們全部被看押在一個地方，索緒早已做好準備，當即讓士兵開始分發酒水，讓他們開懷暢飲。

中軍大帳中，多瓦坐在最上首位置，喝了口酒後，便聽索緒道：「大王，我已經抓獲了徐庶、曹仁、夏侯惇、夏侯淵等人，聽說他們斬殺了不少羌人，不如將他們押上來，一切全憑大王處置！」

多瓦道：「好，帶他們上來！」

不一會兒，徐庶、曹仁、夏侯惇、夏侯淵都被五花大綁的押了上來，四個人見到索緒，立時破口大罵，索緒忍不住和他們對罵起來，看得在座的羌人笑聲連連。

「好了，都別吵了。反正你們也沒多久活頭了，明日我就要登基稱帝，再讓你們多活一晚，讓你們看看我當皇帝的英姿，到時候我要用你們的人頭祭天。」多瓦意氣風發地說道。

索緒便讓人將徐庶、曹仁、夏侯惇、夏侯淵全部押了下去，然後端起酒敬多瓦。

多瓦又喝了一大杯後，索緒道：「大王慢飲，末將帶兵去外面巡邏，我擔心華夏國的軍隊會趁虛而入，我得保護好大王。」

多瓦點點頭，批准了。

索緒出了大帳，多瓦不放心，派人跟蹤索緒，結果派出去的人回報說，索緒確實在外面巡視軍營，沒有可疑之處，多瓦這才放心開懷暢飲，對索緒更是深信不疑。

十萬羌人一起喝酒，在大營中升起堆堆篝火，茹毛飲血般的酣暢淋漓。喝到後半夜，十萬羌人全部酩酊大醉，不醒人事。

索緒見時機成熟，調出自己的兵將，放出徐庶、曹仁、夏侯惇、夏侯淵四個人，讓曹真放開那些被俘虜的百姓，兩萬士兵進入營寨，將所有值錢的財物、馬匹、兵器全部挪出來，足足忙活了兩個多時辰，才將整個大營全部清空，只剩下那十萬個酩酊大醉的羌人。

最後，兩萬士兵和被放開的漢人百姓，將營寨圍成一個圈，拿著火把，將營寨給點著。

四處火起，立刻形成大火，加上營寨中的地上鋪著許多易燃物品，火勢一起，馬上蔓延整個軍營，頓時一片火海。

羌人們尚不自覺，仍是昏睡狀態，等發現到危險時，為時已晚，一時間驪山腳下火光沖天，痛苦的呻吟聲不絕於耳，十萬羌人全部被火海包圍，有不少人想衝出來，都是徒勞無功。

熊熊烈火焚燒著十萬之眾的羌人肉軀，雖然看似殘忍，可是每個人看了，都認為這樣的死法實在是太便宜他們了。

及至天明的時候，火勢漸漸熄滅，空氣中瀰漫著濃濃的燒焦的糊味，十萬具被燒焦的屍體橫七豎八的躺在一片焦土上，讓人看了甚是解氣。

索緒的所作所為挽回了關中即將遭受的滅頂之災，至少他的出現，阻止了羌人繼續的燒殺搶掠，但是關中已經遭受了這些磨難，在以後的恢復中，必然會相對艱難。

失去了羌人的助力，潼關已經無法奪回，索緒帶兵回到長安，主動將自己帶來的軍隊的指揮權交了出去。當他親眼目睹殘破不堪的長安城時，心中甚是悲傷。

此時的曹操，經過大夫的治理，那塊石塊被拔了出來，但是傷口沒復原前仍然不能坐，只能趴在那裡。

曹操聽說索緒用計焚燒十萬羌人的事情後，對索緒尤為讚賞，讓索緒暫回漢中，繼續守衛漢中，將索緒帶來的士兵交付給曹仁，讓曹仁帶兵去華陰，在那裡修建關卡，以防止華夏國的進攻。

翌日，**曹操在眾人的擁護之下，正式稱帝，改國號為魏，年號建安**。

不過，稱帝後的曹操，卻很虛弱，由於關中經過長安之亂，羌人為禍，使得關中疲敝，十室九空，整個國家的軍隊不足五萬人。所幸的是，關中道路難行，只要緊守關隘，雖有萬軍來攻，也不為所動。

經過羌人為禍之後，曹操對羌這個民族有了重新的審視。

被焚燒的十萬之眾，曹操只說被華夏國所害，一改往日胡漢政策，以程昱為涼州刺史，正式在涼州豎立招兵買馬的大旗，徵召涼州所有年滿十五歲不到五十歲的男丁入伍，讓夏侯淵去武都駐守，用張繡去安撫羌人，然後讓徐庶帶著金銀珠寶趕赴羌中各個參與斬馬的部族，這才安撫了羌人的不滿情緒。

另一方面，曹操以滿寵為使者，出使占據荊漢，主動聯絡劉備，約定互為犄角之勢。

高飛從秦國回來之後，一直駐紮在潼關，一連數日不曾有任何舉動，靜觀其變，伺機而動。

當得知索緒、張繡盡皆歸順曹操時，便知道已經失去了奪取關中的先機。

不是他不願意動，而是他動不了，當十萬羌人為亂的時候，新豐縣以東的關中百姓都拖家帶口的舉族向東遷徙，以至於難民充塞了整個西去的道路，高飛根本沒有出兵的機會。

於是他只好打開潼關的城門，放難民進入關內，然後從潼關一路去弘農、洛陽等地居住。

後來，得知曹仁率部駐守華陰縣，並且開始修築關隘的時候，高飛知道關中不是現在能夠圖謀的。

所幸關中百姓十之七八都流入了華夏國，動盪不安的關中以後必然會變成貧瘠之地，沒有百姓，田地將荒蕪，與其損兵折將的強攻關中，不如跟他們耗國力，等到華夏國的國力蒸蒸日上時，就能發動全國的統一戰爭，氣吞山河，一舉統一分裂的中國。

高飛在潼關小住半月，半月後，等難民們都得到了妥善的安排後，他才帶著馬超、司馬懿、祝公道、祝公平、劉宇等人上路回薊城。

潼關天險交由徐晃駐守，周倉、高林二將副之，趙雲帶兵回洛陽，弘農依然交給廖化。

西行月餘時間，經歷了這麼多事，與之隨行的司馬懿感觸頗深，除了見識到民間的疾苦，戰爭的殘酷，也讓他體認到，不結束分裂狀況，就不會有幸福可言。

一個月後，高飛回到薊城，封馬超為翼侯，給馬超一個龍驤將軍的虛職，讓他留在薊城待命。

回到薊城後，高飛致力於發展國內，加強農業，興修水利，鼓勵商業，推動煤、鐵等工業，又在薊城和洛陽兩地設立兵器司，專門研究攻防所用的武器裝備。

在軍事上，西北邊疆一直處於緊張狀態，曹操深知華夏國的強大，所以派人攜帶金銀珠寶、米糧布帛，趕赴駐足在賀蘭山下的先零羌處，主動結成盟好。另外一方面，又派人趕赴鮮卑駐地，面見鮮卑大單于，以同樣的手段與其結成盟好，蠱惑鮮卑人和先零羌不斷地騷擾華夏國的西北邊陲。

駐守在朔方的龐德，多次率軍擊退前來進犯的羌人和鮮卑人，然而一直未曾取得什麼實質性的進展，遊牧民族的打法讓他們處在主動地位，加上華夏國為了穩定中原，兵力多數在中原一帶，新近徵召的二十萬新兵還未曾訓練，兵源的匱乏，導致華夏國無法對這些騷擾的遊牧民族進行毀滅性的打擊。

西元一九一年，華夏國神州二年，七月初三。

這天正下著雨，淫雨霏霏。

薊城的皇宮裡，樞密院的辦公室內，戰報像雪片一般飛舞而來，賈詡、荀攸、郭嘉、盧植、蓋勳五個太尉分別在流覽戰報，最後將整理好的文件進行統一匯總，全部集結在一起。

「西北邊患一直久久不能揮去，如今國內兵源匱乏，朔方頻頻遭受外族侵襲，卻又不能舉大兵討伐，實在讓人頭疼。諸位大人，皇上一會兒就來了，如果問起，不知道我等該如何回答？」賈詡坐在一張靠背椅上，緩緩地說道。

荀攸、郭嘉、盧植、蓋勳四人也是一籌莫展，羌人、鮮卑人的不斷騷擾，讓西北邊患成為最受關注的兵事，龐德雖然多次擊退來犯之敵，然而整個國家都處在被動局面，戰報經常隔三差五就會接到，讓人心煩意亂。

正在大家一籌莫展之時，蔣幹從外面趕來，提著一壺泡好的茶，挨個給諸位太尉倒水。

「皇上駕到！」門外的侍衛高聲喊道。

話音剛落，高飛便大踏步的跨進大殿，在場的人急忙起身，站成一排，向高飛行禮。

高飛掃視在場的眾人，道：「蔣幹，你去一趟參議院，請五位丞相到此商議國事。」

「諾！」

蔣幹自從中了狀元後，就一直遊走在樞密院和參議院，其實就是給十位內閣大臣當下手，當跑腿。不過，蔣幹倒是很樂意，得到機會就溜鬚拍馬，倒是混得有滋有味，過得逍遙自在。

高飛見蔣幹出去後，對眾人道：「五位太尉大人，對於連月來龐德不斷從朔方傳來的戰報，不知道可有何化解之策？」

五個人面面相覷，都沒有說話。

高飛道：「朔方雖小，卻牽動了整個國家的神經，如今國內正在休養生息，不宜再動兵戈。而且我國經過數次大戰後，所剩餘的精兵只有十之二三，而穩定中原，也正需要他們，無法抽動兵力。不管用什麼方法，只要暫時平息西北邊患，就是好方法！」

五人聽完，蓋勳首先道：「啟稟皇上，臣有一策，可暫保西北不再遭受侵擾。」

「講！」

蓋勳道：「龍驤將軍馬超曾是羌人心目中的神威天將軍，即使是先零羌，也對其十分畏懼，鮮卑人遠遁漠北，襲擾一次需要長途跋涉，所以數月間只有過兩次進犯，出於對皇上的畏懼，龐將軍一出兵，鮮卑人就不戰自退。相較鮮卑人，先零羌駐足在賀蘭山下，與朔方近在咫尺，進可攻，退可守，實在是一大隱患。

臣以為，當派遣馬超趕赴朔方，以其在羌人中的名聲可以威懾先零羌。」

「不行！馬超戾氣未消，暫時不能委派重任。蓋大人，請另想他法。」高飛當即道。

蓋勳聽到後，不再言語，隱約了解了高飛的擔憂。

郭嘉想了想道：「皇上，臣有一策，但需要耗費極大的財力，不知道當講不當講。」

「如果花錢能夠消災，沒有什麼不能接受的！但講無妨。」

「臣以為，要對付先零羌，可以暫時採取懷柔政策，以重金賄賂羌人；同時臣會讓賤內回匈奴，在匈奴臨時徵召一支大軍，先禮後兵，雙管齊下，圍剿賀蘭山。」郭嘉獻策道。

荀攸補充道：「皇上，東夷人口眾多，也可在當地臨時招募兵勇，並且在河套一帶修建塢堡，步步為營，向西北逐漸推進，一旦遭受攻擊，各個塢堡之間互為犄角之勢，相互救援，可以有效的抵禦外族侵襲，拱衛邊疆。」

高飛聽後，讚道：「此法甚妙，就這樣辦。」

「咳咳咳……」

突然，盧植一陣猛烈的咳嗽。

高飛急忙走了下來，來到盧植身邊，關切地問道：「太尉大人，身體重要，若有不適，當請張仲景或者華佗看看。」

盧植面色黯淡，說道：「多謝皇上關心，老臣無礙。」

「臣等參見皇上！」田豐、荀諶、邴原、管寧四個人從外面趕來，齊聲拜道。

「免禮……蔡大人呢？」高飛沒有看見蔡邕的影子，問道。

田豐回答道：「蔡丞相抱恙在身，無法出席，請皇上見諒。」

高飛沒有太當回事，生老病死是自然現象，當即道：「嗯，蔣幹，你即刻去太醫院，請張仲景去給蔡丞相看看病。」

蔣幹剛踏進來，又受到差遣，立即出了大殿。

「諸位大人請坐。」

眾人分別坐下，高飛朗聲道：「我欲對先零羌用兵，解決徹底解決西北邊患，然而我軍士兵屯駐中原，不宜調度，我想徵召外族勇士，雇傭他們為我而戰，然這筆軍費開支肯定要稍微多一些。四位丞相，國庫中可有閒錢？」

荀諶當即道：「皇上，如今各處都在建設，尤其是中原，耗資巨大，國庫收入全憑幾處金礦開採和商業的收入，然而這兩年來，金礦開採越來越難，僅僅靠商業的微薄收入維持整個國家的運轉。雖然河北已經開始徵稅，但是稅率太低，而且徵稅在年底才能進行，國庫已經瀕臨空虛，無法湊齊巨大軍費。臣以為，西北邊患不過是敵人的騷擾政策，只要嚴防緊守，可以不予理睬。」

「皇上，為了在洛陽興建新的都城，已經耗損了巨大的人力、物力和財力，如今中原需要恢復，河北剛有起色，不宜大動干戈。臣以為，只需派一上將駐守邊疆，保衛邊疆不受侵犯即可，不一定非要出兵攻打。」國淵也說出了心中意見。

「邊患不絕，國內何以繁榮發展？臣以為，當出兵剿滅賀蘭山的先零羌，然後趁機攻占河套地區，就地駐軍，興建塢堡，讓外族知道我們華夏國的厲害。」賈詡朗聲道。

荀諶聽賈詡支持出兵，急道：「窮兵黷武必然會適得其反，不如暫且休兵數年，待國內繁榮之後，再舉兵平定……」

「犯我華夏者，雖遠必誅！沒錢可以暫時擠出一點錢，徵稅也可以提前，**非常之時，當用非常手段**，不出兵賀蘭山剿滅先零羌，我華夏國邊患將永不停歇！」賈詡聲音越喊越大。

「出兵不易，不可大動干戈，當休養生息才是上策！」

「邊患不止，朝不保夕，一旦被外族攻入國內，什麼休養生息都是狗屁！到時將民不聊生，百姓將喪於外族鐵蹄之下！不出兵，何以彰顯我華夏國威！」

賈詡和荀諶吵得不可開交，意見相左，一個主張出兵，一個主張休養生息，喋喋不休，吵得面紅耳赤。

兩人的性子都很剛毅，較起真來，差點動起手。眾位大人力勸不住，只能靜觀其變，將目光全部集中在高飛的身上。

「夠了！吵夠了沒有？堂堂的一品大員，國之重臣，卻為了一點意見不合，大吵大鬧，成何體統！」高飛猛地拍了一下桌子，大聲吼道。

一聲巨吼過後，賈詡、荀諶這才止住話語，但是兩人的表情都顯示了對彼此不服氣。

「出兵也好，不出兵也罷，這件事就此打住，你們各自忙各自的去，朕自有分寸。明日午時，朕會親自發布聖旨，出兵不出兵，全在明天的聖旨當中！」說完，高飛便拂袖而去。

「恭送皇上！」眾人齊聲道，目送高飛離開。

高飛走後，荀諶怒視賈詡，冷哼了一聲，扭頭而去。

賈詡見後，也是一陣怒火，坐在那裡胸口起伏不定，憤恨異常。

高飛出了樞密院，便徑直出了皇宮，在祝公道、祝公平兩個人的陪同下，直奔翼侯府！

翼侯府內。

馬超正在悶悶不樂的飲酒，舉著酒杯咕咚咕咚連續喝了好幾杯，一身的酒氣，臉色泛紅，已經微醉。

馬超再次舉起酒杯時，突然被人給奪了下來，大喝道：「你給我！」

「大哥！你別喝了，你已經喝得很多了，你要是再這樣喝下去，嫂夫人……嫂夫人又該責怪我了！」馬岱站在馬超的身後，手中拿著剛剛奪來的酒杯，對馬超喊道。

「你滾開！我來薊城那麼久了，雖然受封為龍驤將軍，卻不過是個虛職，我已經閒那麼長時間了，除了喝酒，我還能做什麼？」馬超發起了牢騷。

馬岱道：「我陪大哥出去打獵、賽馬如何？」

「一出門就有人跟著，整天被人監視著，有什麼意思？我真後悔，當初不應該投靠高飛，也不至於落得如此田地。說什麼幫我報仇，報的狗屁的仇！不給我兵馬也就算了，還限制我的自由，這樣的日子，還讓不讓人活了？」

馬岱聽後，重重地嘆了口氣，說道：「都是那個叫司馬懿的惹的禍，當初大哥就不應該聽他的意見，索緒、張繡也就不會投降曹操了。」

「別跟我提那兩個忘恩負義的王八蛋，他們跟陳群、楊修都是一路貨色！我要是有機會抓到他們，非要親手剮了他們不可！」

「侯爺！」

這時，王雙快步從外面走了進來，慌張地道：「屬下參見侯爺，陛下……」

「滾！別跟我提他，我懶得聽到這個人！」馬超不等王雙把話說完，便打斷王雙的話，喊道。

「哦？我要是非出現在你的面前呢？」

話音一落，門口便出現三道身影，高飛站在正中，祝公道、祝公平左右護衛。

馬岱一陣驚愕，當即跪地道：「叩見陛下！」

王雙也跪在地上，驚奇高飛等人的腳步怎麼那麼快，自己剛跑來，他們就到了。他伏在地上，不敢吭聲，伸出一隻手，輕輕地拉了一下馬超的衣襟。

馬超坐在那裡喝得微醉，眼神有點迷糊，隱約看到三個身影向他走來，但是看不清是誰。他以為是自己的下人又來煩他，當即拿起一個酒杯便向高飛扔了過去，怒斥道：「滾蛋！都給我滾！我不用你們伺候！」

馬岱、王雙見狀，心中一陣惶恐，心想這次馬超可是玩完了，居然敢拿酒杯扔當今的皇上。

「刷！」一聲脆響，酒杯被扔出時，祝公道、祝公平同時出劍，快如閃電，一人揮砍那飛過來的酒杯一劍，當二人插劍入鞘時，酒杯瞬間迸裂，掉在地上，摔得粉碎！

高飛安全無虞，徑直走到馬超面前，伸出手，從後面抓住馬超衣服的後領，像是抓小雞一樣，將馬超給提了起來，將他用力向外一扔，扔出大廳，馬超重重地摔在地上，衣服上沾滿了地上的濕泥，在細雨中淋著。

「誰他娘的敢這樣扔我？你是吃了豹子膽了嗎，老子讓你吃不了兜著……」

馬超被高飛這麼一扔，摔得痛了，倒是有了幾分清醒，從地上爬起來後，赫然看見高飛正氣衝衝的向他走過來，當即一陣驚慌，才知道原來自己罵的人竟然是高飛。

他急忙跪地拜道：「罪臣馬超，叩見陛下！罪臣不知道皇上駕到，未曾遠迎，請責罰罪臣！」

高飛走到雨中，對馬超教訓道：「馬孟起！」

「罪臣在！」

「你看看你現在的樣子，還像是一個侯爺，一個將軍嗎？傳出去也不怕人笑話?!你不嫌丟人，朕還嫌丟人呢！才喝幾口酒就醉成這個樣子，你怎麼不泡在酒缸裡，喝死算了！」

「罪臣有罪，只是罪臣現在還不能死，罪臣大仇未報，國仇家恨未泯，絕對不能死。只要陛下肯借兵給我，讓我報了大仇，陛下讓罪臣什麼時候死，罪臣就什麼時候死！」馬超連聲道。

「你還知道你有國仇家恨要報？你還知道要去報仇啊？我還以為你早已忘了！馬孟起，我告訴你，**不是我不給你機會，是你自己不給自己機會！**君子報仇，十年不晚，你自從跟我回到薊城之後，每天除了唉聲嘆氣，就是爛醉如泥，**你有把自己當成一個真正的將軍對待嗎？**早知道你會如此消沉，我當初就不應該把你帶回來！」

馬超也是個烈性子的人，剛才拿酒杯砸高飛，已經算是犯了大不敬之罪，論罪當誅，現在聽到高飛的話，心想反正都是個死，不然如把自己心中的不滿都說出來，到時候要殺要剮，悉聽尊便。

「我也後悔了！我後悔不該輕易相信你的鬼話，說什麼借兵幫我報仇，你的話統統都是狗屁！」

馬超越說越激動，索性站起身來，眼睛瞪得賊大，叫囂道：「我馬超不是懦夫，今日我知道自己已經活不成了！你拿我當傀儡，把我像動物一樣監視著。封我做什麼狗屁龍驤將軍，我他娘的卻連一個伍長都不如，至少伍長手下還有四個兵，我呢，就我一個，光桿將軍。你這也叫替我報仇嗎？」

高飛冷哼道：「你是在埋怨朕是吧？你知道我這樣做到底是為什麼，你有想過嗎？你一身暴戾之氣，昔日秦國太子作威作福的性子猶在，而且內心充滿了仇恨，我這個時候給你兵，反而是害了你……」

「你少跟我扯這些沒用的！害我？那好啊，我倒是希望你給我兵來害我，可是你願意給嗎？你根本就不想我帶兵！」

「好！你想帶兵是吧？非常好！如今正好有一件非常緊急的戰鬥，先零羌盤踞在賀蘭山下，受到魏國唆使，常常襲擾我國邊境，朕正欲出兵征討，你可敢替朕去平定先零羌？」

「有何不敢！」

「我先申明，我能給你的兵非常有限，除了七天的食物和水之外，沒有任何的軍餉，而先零羌有二三十萬人在賀蘭山下，你可還願意帶兵出征？」

「願意！只要你給我兵就行！哪怕只有一個，我也要出征！」

「你要是平定不了先零羌，又該當如何？」

「我拿人頭來見！」

「口說無憑，我憑什麼相信你？」

「我可以立下軍令狀，還有，我一家老小都在這裡，除了你給的兵，我另外還要帶上王雙。」

「可以。你什麼時候出發？」

「越快越好。」

「擇日不如撞日，你今天就出發吧，帶上王雙，趕赴朔方，當你抵達的時候，找龐德要五百騎兵，七天的食物和水，別的再無其他。不過裝甲和武器隨便你挑，愛拿多少拿多少，龐德不會阻攔你的。」高飛道。

「好！就這樣辦。」

二人商議已定，當即讓人準備筆墨，馬超親自寫下一紙軍令狀，並且署上自己的姓名，按上手印。高飛看後，拿出自己的私章，加蓋在上面，這才算完事。

隨後，馬超脫去泥濘的衣衫，洗了個澡，一身披掛，帶上王雙，快馬馳出翼侯府，向朔方疾奔而去。

高飛見馬超離去，對馬岱說道：「好好照顧你的家人，府中缺少什麼，儘管對朕講。有什麼難處，直接說出來，我讓戶部給你們送來。」

馬岱搖搖頭，抱拳答道：「啟稟皇上，府中什麼都不缺，唯獨缺少……缺少……」

高飛見到馬岱支支吾吾的，便追問道：「缺少什麼？」

「唯獨缺少皇上的信任。」

馬岱不慌不忙地答了出來，深邃的雙眸中流露出炙熱的目光，緊緊盯著高飛，像是期待著什麼。

高飛聽了馬岱的回答，心中不禁一怔，繼而笑了起來，拍了拍馬岱的肩膀，緩緩道：「你放心，從今天起，翼侯府外將不會再有人監視，你們想幹什麼就幹什麼。馬岱，我想讓你去北武堂和聚賢館學習，你可願意？」

馬岱雖然到薊城沒有多長時間，但是也聽說過北武堂和聚賢館，前者本來是供武將們切磋武藝的地方，但是後來逐漸變成專門教授軍官軍事的地方，後者則是教授學問的地方，都是用來培養人才的。

他聽到高飛的話，興奮地道：「我願意。」

高飛笑道：「很好，等你學業有成的時候，我自有大用，希望你能超越你的兄長，成為一名文武雙全的大將。」

「諾！我一定會多多努力的。」馬岱喜形於色地說道。

高飛離開翼侯府後，便讓秘書令陳群草擬了一道出兵征伐先零羌的聖旨，以馬超為征西將軍，龐德也暫時受到馬超節制，正式給予馬超兵權，並且對馬超的這次征西充滿了信心。

馬超走後的第二天，高飛便通知各個機構，在大殿上召開朝會。

大殿上，參議院、樞密院、九部尚書等人中，除了蔡邕、盧植告病未能出席以外，其餘人全部到齊。除此之外，秘書令陳琳、太史令都坐在朝堂上，隨時記錄下朝會的內容，司馬懿、蔣幹則在一旁旁聽。

高飛頭戴皇冠，身穿龍袍，端坐在龍椅上，掃視了一眼在場的文武大臣，道：「朕昨日已經派遣馬超為征西將軍，去平定先零羌，朕也準備親自西征，以攻掠涼州的北地郡為目的，作為以後平定涼州的前線。」

話音剛落，丞相荀諶當即挺身而出，跪在地上道：「臣冒死諫言，懇請皇上收回成命。西北邊患雖然不斷，卻不足以動用大兵，只要防守得當即可。如今國庫空虛，兵源不足，百廢待興，已經無法籌集兵餉，不宜大動干戈，臣以為，當休養生息數年，待國力強盛之後，再行出兵討伐不遲。」

田豐、邴原、管寧一起挺身而出，跪在地上，異口同聲地道：「臣等附議！」

「陛下！邊患不平，敵人將日益猖獗，若再等個幾年，敵人必然會更加強盛，到時再要平定，必然會極難。不如趁現在出兵，以迅雷不及掩耳之勢，平定賀蘭山，占領北地，方足以威懾涼州，使得西陲震驚！」賈詡也站了出來，跪地說道。

郭嘉、荀攸、蓋勳三人意見一致，亦是主張出兵討伐，聲援道。

高飛看著眾人，一邊主戰，一邊主張休養生息，心中已經有了主意。

從遼東一直到建立華夏國，整個帝國的經濟一半以上都來自金礦的開採。但是，現在開採金礦卻極難，因為以前是露天開採，採礦十分容易，可現在卻要深入洞穴開採，以目前的開採技術，根本無法滿足需求，不光金礦，連同銀礦、鐵礦、煤礦、銅礦等等礦產在內，都出現了這種情況。

就在前幾天，遼東的一處煤礦突然出現塌陷，將一百多名礦工活活的埋在地下。雖然已經撥款救援，但是井下作業有危險，而且各個礦產坑洞的防護措施不夠健全，所以開採起來以安全為主，產量也就自然低下了。

華夏國另外一半經濟來源是商業貿易，雲州成為塞外最大的貿易城市，擱在以前，光靠貿易這筆利潤就能夠滿足一州的兩年開支。

可是貿易進入後期時，由於鮮卑人遠遁，烏丸人內遷，夫餘人實在太窮，導致了雲州這個巨大的塞外貿易城市的衰落，對外貿易的收入大大減少。而國內的商業除了幽州一帶較為繁華外，其餘地方都未曾發展起來，商業的稅收相對要少。

加上華夏國在洛陽新建都城，以鉅資鼓勵中原恢復，還有幾十萬的兵要養，導致了國庫收支的逆差。

發展的越快，問題更加容易暴露，高飛深知這一點，至少需要一段很長的時間去繁榮國內。但是，盤踞在賀蘭山的先零羌如果不儘快剷除，一旦其勢力不斷壯大，那就很難攻打了。

雖然他已經派遣馬超為征西將軍去平定賀蘭山一帶的先零羌，但是從戰略的眼光出發，**逐步蠶食整個河套地區，這才是關鍵**。

河套地區水力資源豐富，其許多沖積而成的平原適於耕種，完全可以開發成為一個新的產糧基地，並且控制了那裡，便可以向西域進行商業貿易，對曹操也能起到鉗制的作用。

高飛的關中之行讓他看到了從正面攻打關中的難處，這個時候只能用雙腳走路，也就是說，必然要翻山越嶺，但是道路艱難，後勤無法保證，如果從塞外進攻涼州，那就沒啥問題了。

他環視了一下眾人，問道：「九位尚書大人有何意見？不妨說來聽聽。」

於是，九位尚書令各自陳詞，發表意見，多數出於國內發展的原因，同意荀諶的看法，但也有少數人同意賈詡的看法。**樞密院、參議院自成立以來，第一次出現政見上的分裂。**

聽完眾人的話後，高飛道：「既然如此，那不妨聽朕說吧。」

整個大殿上鴉雀無聲，眾人都期待著高飛的話。

高飛深吸了一口氣，宣布道：「朕決定……」

眾位大臣都屏住呼吸，洗耳恭聽，目光集中在高飛的身上。

「朕決定，**發行國債，出兵西征**。」

此語一出，幾多歡喜幾多愁。

荀諶不依不饒地說道：「皇上，此時出兵西征，國庫無法拿出那麼多錢，難道要挖空國庫，去耗費鉅資打這一仗嗎？一戰而國庫空，那麼國家以後將如何運轉？」

田豐也道：「皇上，臣堅決反對出兵西征，一口吃不了一個胖子，還請皇上三思而行。」

「皇上，臣等附議！」邴原、管寧等人一起說道。

「諸位臣工，朕不會動國庫一分錢，朕剛才不是說了嗎，朕要發行國債！」

眾人聽後，都面面相覷，國債是個什麼玩意？

看到眾人迷惑不解，高飛當即為眾人解釋一遍，解釋清楚後，眾人恍然大悟，仔細思量一番，覺得此法確實可行。

最後，高飛力排眾議，戶部按照他的意願發行國債，以五年為期，並且設定了一個高額的報酬率。

朝會散後，高飛獨獨將樞密院的四位太尉留了下來，對他們說道：

「這次朕要御駕西征，攻掠北地，然而兵源不足一直是朕頭疼的事情。郭太尉，你的妻子是匈奴的公主，我想請你和你的妻子去一趟匈奴駐地，公開招募匈奴勇士，招募的兵馬，由你們夫妻負責統領，從上郡渡河攻打北地，朕再委派魏延隨同一起前去，受你節制。」

郭嘉聽後，感到十分榮幸，**這還是有史以來，第一次他獨自領兵出征**，興奮地抱拳道：「臣遵旨。皇上，臣還有一事相求，臣想帶娘子軍一起去，不知道可否？」

高飛笑道：「不，娘子軍另外有妙用之處，朕要留在身邊充當一支奇兵！」

郭嘉不再言語，退到一邊。

高飛接著說道：「公達，你和兵部尚書王文君一起去東夷徵兵，王文君對東夷較為熟悉，又曾隨同胡彧一起平定三韓，在那裡頗有威信，此去徵兵，為雇傭兵，兵餉是我國士兵的一半，東夷人口眾多，也相對貧瘠，雇傭他們打仗、戍邊，是最佳的人選。」

「臣遵旨！」

高飛看了一眼賈詡和蓋勳，笑道：「二位太尉大人，這次朕御駕親征，你們一起隨行。」

賈詡、蓋勳都是涼州人，他們深知高飛的用意，尤其是蓋勳，在涼州的胡、漢人心目中，還是有一定威信的。兩個人當即點頭稱是。

高飛無法從正面進攻關中，只能從側面進攻，他要趁曹操在關中立足未穩之際，**先敲敲邊鼓，讓曹操知道，他時刻在注意著他的動向**。而且，關中已經十室九空，如果他能夠步步蠶食河套地區，就等於切斷了曹操的一條臂膀。

朝會散後，發行國債的聖旨很快便張貼在薊城城內。

薊城如今是整個華夏國的商業中心，富庶的人多不勝數，聖旨一經貼出，立刻在薊城內引起一場不小的轟動，當天前往戶部購買國債的就高達百人，每個人購買的數量十分龐大，只短短一個下午，這些投機的商人便買了相當於一個金礦一年產量的數額。

國債高額的回報，是吸引富商購買的關鍵，在非常時期，為了斂財，這無疑是一個最迅速最快的手段。

第二天，高飛便讓人將一部分錢財交給郭嘉，讓郭嘉帶著他老婆喀麗絲以及魏延連同十餘名隨從，攜帶重金趕赴匈奴駐地。荀攸、王文君也帶著隨行屬官趕赴東夷，高飛則帶著賈詡、蓋勳前往朔方，乙太史慈為先鋒大將，帶著三千娘子軍於昨晚先行。

第四章

激將法

烏爾德被劉曄的話說得心癢癢的，發出豪語道：「對！馬超再厲害，也不過是一個人，本王有三十餘人，就是站在那裡讓他殺，也能讓他活活累死！本王要跟馬超決一死戰！」

劉曄見自己的激將法奏效了，很是欣慰。

朔方府，臨戎城。

龐德站在城牆上，眺望著在城外的羌人騎兵，一陣愁眉苦臉。連續一個月來，這夥羌人常常突入邊境，以數十小股兵力不斷地騷擾著他的駐地，每次只要他一出兵，敵人就退，他一回城，這夥人就又回來了，把他弄得焦頭爛額。

「將軍，皇上發來手諭，請將軍過目！」一個士兵手捧一張字條，呈給龐德。

龐德接過之後，看了一眼後，不平地道：「以馬超為征西將軍，讓我受他節制？**皇上為何對一個亡國的太子如此重視？**」

幾天後，先零羌渠帥烏蒙虎帶著數百騎兵前來攻打臨戎城，站立在城下，朝城牆上大聲地喊道：「龐德小兒，無膽鼠輩，整日龜縮在城中，敢出來和我一決高下嗎？」

龐德頭戴鋼盔，身披鋼甲，手中緊握著一口鋼製的大刀，站在城樓上眺望著在外面叫嚣的**烏蒙虎**，恨得牙根癢癢。

已經連續四天了，四天來，這個叫烏蒙虎的小子每次都會率領幾百名騎兵前來叫嚣，可是每次當他出兵的時候，烏蒙虎便不戰自退，讓他好不懊惱。

今日，再次看到烏蒙虎站在這裡叫囂，他當即指著城下的烏蒙虎大罵道：「我要是出戰的話，有種你就別跑！」

「不跑就不跑！有膽子的你下來，我今天要和你大戰三百回合！」烏蒙虎叫囂道。

「三百回合？本將一回合就能把你斬殺，你給我等著，你再跑，你就是我孫子！」

龐德話音一落，提著大刀便下了城樓，手下校尉堅守城牆，弓弩手一直未敢放鬆警惕。

龐德來到城門邊，翻身騎上一匹戰馬，帶著早已經等候在城門邊的五百騎兵便出了城門。

這一次，烏蒙虎出奇的沒有跑，龐德看到以後有點欣慰，心想這一次非要把烏蒙虎斬殺了，取得一點戰功不可。

兩軍對圓，大眼瞪小眼一番，龐德便縱馬而出，指著烏蒙虎道：「你是要與我單打獨鬥嗎？」

「當然！」烏蒙虎抖擻了一下精神，想都沒想，便抽出了手中的馬刀。

「很好！」

龐德叫了一聲，「駕」的一聲大喝便縱馬而出，直接朝烏蒙虎衝了過去。烏蒙虎也不甘示弱，舉起馬刀也迎了上去。

兩馬相交，龐德舉刀便砍，烏蒙虎一個蹬裡藏身，躲過龐德的一擊，隨即一個翻身，重新出現在馬背上，馬刀朝著龐德的背上便砍了過去。

烏蒙虎的馬刀還未砍至，龐德的大刀便已經從前身回了過來，擋在背後，但聽「錚」的一聲巨響，兩樣兵器碰撞在一起後，轉瞬即逝，兩人也就此分開，一個回合結束。

調轉馬頭，烏蒙虎發現自己的刀刃已經砍捲了，不禁心頭一怔，這才砍了一刀，他手中的兵器便捲了，龐德手中的兵器卻毫髮無損，比他的要堅硬許多倍。

他當即縱馬向前，隨即與龐德展開第二個回合的較量。

龐德提著大刀，有了第一回合的較量，他能夠感受到這個叫烏蒙虎的羌人武功不弱，他沉下心來，冷靜應戰。

接下來，兩個人一共戰了十個回合，十個回合後，烏蒙虎的馬刀上已經出現許多豁口，刀刃全部被砍捲了。

「呼！你的兵器厲害，我不和你打了，我的兵器都被砍捲了！」說罷，烏蒙虎調轉馬頭，當即帶著部下便開始後撤。

龐德這次好不容易和烏蒙虎戰鬥了一次，哪裡肯捨棄，大叫一聲「哪裡走」，帶著五百名騎兵便追了出去。

一路向南追出了差不多四五里路，兩撥人便進入一個山谷，龐德立功心切，直接追了上去，行至山谷當中路段，忽然一聲號角聲響起，山谷兩側出現許多羌人，箭矢也如同雨下，朝山谷中的龐德射去。

與此同時，烏蒙虎換了一把刀，帶著部下向回衝殺，山谷的入口處也被一撥羌兵堵住，將龐德等人圍困在此。

龐德知道中計，帶著部下後撤，前面烏蒙虎殺到，他親自擋住烏蒙虎，邊戰邊退，五百名騎兵所剩無幾，多數死在箭矢之下，鮮血染紅了山谷。

「嗖！」

一支羽箭射向龐德的左臂，利箭透過左臂上的皮甲，直接透進他的肌膚，登時鮮血直流。

龐德掄著大刀，左臂受傷，只能以右手握刀，單手廝殺，但是刀法稍弱，無法抵擋住烏蒙虎等羌人的一起圍攻。

身後的騎兵只剩下二百來騎，羌人的箭矢還在不斷射擊，眼看倒下來的人越來越多，龐德不禁仰天一聲長嘯，大吼一聲，吼聲響徹山林，遠處鳥獸驚飛，傳出老遠老遠。

烏蒙虎看見龐德受傷，更加興奮，手持兩把馬刀，輪番對龐德進行攻擊，硬是壓制住龐德的攻勢。

龐德左臂箭矢透入肌骨，疼痛難忍，單手舉刀格擋很是吃力，又要躲避冷箭，困難重重，若非身邊親隨替他格擋，早已命喪此處。

他注意到部下越來越少，不禁嘆道：「功業未立，胡虜未平，難道我龐德當真要命喪於此？」

烏蒙虎聽到後，嘿嘿笑道：「今天你插翅也難飛了，此處山谷就是你葬身之地！」

說著，烏蒙虎又是一番快攻，任由手中雙刀全部被砍捲了也不在意。突然，他看到龐德的一個破綻，收起一刀，便朝龐德脖子上劈了下去。

龐德看到捲刀朝自己劈來，已經無法阻擋，瞪大眼睛，仰天大叫道：「我命休矣！」

說時遲，那時快，突然一支箭矢凌空飛來，帶著一股極大的力道，在烏蒙虎手中那把馬刀即將落下時，箭頭直接穿透刀面，烏蒙虎立刻感到一股強大的力量迫使他握著馬刀的右手改變方向，讓他的心中一驚。

「噗！」馬刀落下，只不過，砍中的卻是一個羌人的胸口。

那羌人胸口被一刀劈開，鮮血直流，胸腔內的內臟還在不停跳動著，「一聲慘叫後，那羌人便從馬背上跌了下去。

龐德躲過這危險的一擊，看到烏蒙虎一陣吃驚，大刀回轉，猛地向烏蒙虎的手臂上砍去。

烏蒙虎見狀，急忙丟棄手中馬刀，一個蹬裡藏身，躲到馬肚子下面。

可是龐德這使出渾身力氣的一刀，直接劈到馬背上，鋼刀刀刃順勢而下，直接砍中半個馬背，戰馬一聲長嘶，痛苦非常，烏蒙虎看見，急忙跳開，看到龐德一刀將戰馬劈成兩截，不禁一陣心驚膽戰。

這時，高坡上，一個頭戴銀盔，身穿銀甲，手中拿著地火玄盧槍，胯下騎著一匹白馬的年輕將領，從羌人的背後殺了出來，一人一騎一槍，一經殺入羌人的人群中，就如同進入無人之地，長槍亂刺，馬匹狂奔，殺得一夥羌人哭爹喊娘。

烏蒙虎遙遙望去，但見那張面孔甚是熟悉，心中一驚，不敢置信地道：

「天……天將軍？」

來人正是被羌人譽為神威天將軍的馬超！

馬超一出現，羌人都是心驚膽戰，皆無戰意。

「吾乃華夏國征西將軍馬超，爾等不想死的，速速離開，否則天兵一到，盡皆屠戮！」

馬超目光中射出陣陣殺意，讓人不寒而慄，大聲地喊道。

烏蒙虎遙見馬超來的樹林中捲起陣陣煙塵，遮天蔽日，心想是華夏國的援軍來了，而被圍住的龐德等人也有突出重圍之勢，二話不說，當即下令撤軍，搶下一個騎兵的馬匹，調轉馬頭，跑得比誰都快。

「呼啦」一聲，兩千多羌人四處逃竄，爭先恐後的跑開，生怕被馬超追上。

龐德帶著傷，看到馬超英姿颯爽，威風凜凜，只簡單的一句話便嚇退了許多羌人，心中略有慚愧。

他策馬上了山坡，遙見馬超來的方向捲起一股沙塵，於近處打量了一下馬超，問道：「剛才那支箭是你射的？」

馬超看了一眼龐德，見龐德受傷，血染戰甲，身軀魁梧，面帶青鬚，一臉的剛毅，沒有說話，只輕輕地點了點頭。

龐德道：「你救了我一命，我以後會還給你的。」

馬超見下面的旗手扛著一面「龐」字大旗，便道：「閣下可是衛將軍龐德？」

「正是。」

「在下馬超，現為征西將軍，想必聖旨你已經接到了吧？」

龐德曾經和馬超碰過面，那還是去年燕國和秦國在官渡進行決戰的時候，那一戰，龐德只能遠遠地望見馬超，對馬超有點印象而已，但是馬超卻沒有見過龐德，所以龐德認識馬超，馬超卻不認識龐德。

他點點頭道：「接到了，皇上讓我協助你攻打盤踞在賀蘭山一帶的先零羌，我自然會不遺餘力的幫助馬將軍！」

正說話間，王雙騎著一匹戰馬，趕著幾匹野牛從樹林中奔馳而來，在戰馬的馬尾和牛尾上拴著樹枝，垂在地上，奔跑中揚起了陣陣沙塵，速度放慢後，沙塵也漸漸小了起來。

龐德見後，一陣驚訝，本以為馬超是真的帶著一支大軍來的，誰曾想等了半天，卻見王雙一人，便道：「馬將軍，你……你的兵呢？」

王雙奔到兩人的身邊，說道：「我就是他的兵！」

龐德不禁笑道：「原來是個光桿將軍！」

「你怎麼這麼說話呢，如果不是剛才我家將軍救了你，你早死了。如今卻在這裡說風涼話，早知道就不救你了！」王雙見龐德的話中帶著一絲譏諷，怒道。

馬超道：「王雙，不許對龐將軍無禮。龐將軍，皇上讓你受我節制，你是不是不服？」

「當然不服！」龐德叫道。

馬超笑了笑，淡淡說道：「龐將軍，總有一天，我會讓你佩服得五體投地的。不過，現在你受傷了，還是趕緊回去養傷才好。**羌人不擅長使用策略，這一次能將你從臨戎城裡引誘出來，說明在羌人中間有一個智謀之士，保不準又是曹阿瞞那賊人派來的人。**」

「這次是我大意，下次我絕對不會這麼大意了。不過，多謝你的救命之恩，我欠你一命，有機會，我會還給你的。」龐德話音一落，調轉馬頭，「咻溜」一聲便下了山坡，招呼部下回城。

「將軍，這個人太傲了，如果不是將軍及時來到，他就死在這裡了。他對將軍很排斥，而且臨戎城中所帶領的都是他的部下，我們沒有一個兵，他要是不聽從將軍的調遣，那該怎辦？」王雙看到龐德離去的背影，很為馬超打抱不平。

馬超抬起頭，看了一眼蔚藍色的天空，長嘆一聲道：「**人在屋簷下，哪能不低頭**？我既然已經歸附了華夏國，又立下了軍令狀，此次若是不能掃平先零羌，我馬超也無法在華夏國立足。一旦我在華夏國有了軍功，就能在此立足，至於別人怎麼看，我已經不在乎了。」

王雙聽後，覺得馬超這陣子變化得太大了，以前他是高高在上的太子，只要有誰敢抵觸他，拂逆他的意思，不殺也把那個人打成殘廢，可是如今，他受到龐德如此的頂撞，居然沒有動怒。

王雙不理解，也猜不透。

馬超這次敢立下軍令狀，絕非偶然，與其天天被關在一個籠子裡，倒不如在天地間馳騁，廣袤的原野，遼闊的天空，鐵血的戰場，這才是他該去的。

他不想做籠中鳥，就得先讓自己成為一頭天地間的猛獸，讓別人都看到他的威力。

「走！跟著他們去臨戎城，那些野牛也一起帶到臨戎城裡去。」馬超聲音一落，「駕」的一聲大喝，便奔馳下了山坡。

「將軍……這些野牛怎麼帶啊？將軍……將軍……」

王雙犯起了愁，讓他帶著這群野牛去臨戎城，天啊，上百頭野牛怎麼可能聽他的話？之前，他是學著老虎的叫聲，才嚇得這群野牛在林中奔馳，這會兒上百頭野牛停在山坡下面優哉遊哉的吃著雜草，他要怎麼把牠們趕跑？

「再學老虎叫？不行不行，那樣的話，這群野牛一旦驚慌就跑遠了，真搞不懂，將軍要這群野牛做什麼？」

王雙望著下面百餘頭野牛，發起了愁，苦思冥想一番，始終不知道該如何帶走這群野牛。

忽然，他看到一頭最大的野牛在那裡吃草，身邊兩米範圍內，其他的野牛都不敢近身，想想那頭野牛就是這群野牛的頭領了，他一拍大腿，嘿嘿一笑，便有了主意，他從馬背上跳下來，抽出腰中懸掛的長劍，便下了山坡。

龐德帶著殘餘的部下，扛著死去的士兵，慢悠悠的回到臨戎城。

負責守城的校尉看見龐德歸來，當即打開城門，出城迎接，策馬來到龐德身邊，拱手道：「將軍，你受傷了？這是怎麼一回事？」

「別提了，中了埋伏，都怪我太大意了。把這些戰死的士兵全部厚葬，寫一份陣亡名單，派人遞交到兵部。」

龐德一臉的羞愧，**這還是他第一次失敗，而且還是敗給了羌人**。

一行人進入城中之後，守城的士兵準備關門，龐德看到後，急忙說道：「等等！先別關門，皇上委派的征西將軍已經抵達，就在後面，給征西將軍留門。」

說完，龐德便進城治傷去了。

不多時，守城的將士們便看見曠野上駛來一名騎士，銀盔、銀甲、白馬，在這空曠的原野上煞是引人注目，他手中提著的一桿長槍也甚是惹眼，那槍通體血金色，槍頭分三支，如燃燒的火焰，從遠處看去，像是那名騎士手中拎著一團火似的。

守城的校尉看到後，不禁怔了一下，狐疑道：「這人應該就是征西將軍了，可是，征西將軍怎麼就一個人？」

話音剛落，眾人便遙見與馬超相隔兩三里的山坡後面塵土飛揚，像是大股騎兵移動的痕跡，但是當他們看到一群野牛從山坡後面轉了出來時，頓時大跌眼睛。

只見一個人騎在最前面的野牛身上，手裡拿著長桿，桿子下面拴著繩索，繩索上繫著一個鮮紅的物體，正急速地向這邊趕來。

不一會兒，馬超便抵達了城下，他並沒有立時進入城內，而是勒住馬匹，駐足在城門邊，望著王雙騎在一頭野牛的背上，帶著一百多頭野牛快速奔馳過來，大聲喊道：「放慢速度，讓野牛在城外停下！」

王雙聽到馬超的喊聲後，點點頭，當即將手中拿著的長桿給扔掉，取下那個鮮紅的物體，雙腿夾緊野牛的肚子，竟然神奇的將野牛的速度給降了下來，後面的百餘頭野牛也都放慢了速度，等到來到城下的時候，野牛便全部停在那裡，喘著粗氣。

馬超看了一眼王雙手裡拿著的東西，問道：「你拿的是什麼？」

「沒什麼，是沾了血的木棍，我聽說牛看見紅色會發瘋，便去找來一根木棍，用羌人流的血塗抹木棍，才將這群牛給引了過來。」王雙擦拭了下額頭上的汗水，緩緩地道。

「難為你了，現在將這群野牛趕進城裡吧。」馬超說完，調轉馬頭，策馬進城。

站在城牆上的校尉聽見，急忙下城樓，來到馬超面前參拜道：「末將叩見將軍！」

「嗯。」馬超不太理睬，繼續騎著馬，向城中行進。

「將軍莫非要把這群野牛趕進城裡來？」

馬超勒住馬匹，聽出他的話外之音，問道：「是又如何？」

「這座城裡只住人，可不能容納這些畜生，這群畜生若要真的入城，也只能送到伙房，宰了吃！」

「這些都是我帶來的兵，是我的部下，你敢罵我的部下是畜生，還敢殺了牠們來吃？你好大的膽子！」馬超突然臉上變色，怒道。

校尉見馬超動怒，又聽馬超說這群野牛是他的部下，當即抱拳道：「請將軍恕罪，末將不知道這群畜……這群野牛是將軍的部下，多有冒犯！只是，城中只有兵營，沒有牛棚，再說，龐將軍也不會容忍有一群野牛在城中竄來竄去……」

「我是皇上冊封的征西將軍，讓我節制朔方府所有兵將，你這樣跟我說話，是不是想不聽從我的命令？」

「末將不敢！」

「那就別多管閒事，城中沒有牛棚，誰說我的部下要住牛棚？」

校尉一臉困惑地道：「不住牛棚，那住哪裡？」

「牠們是我的部下，當然住兵營！」

「住……兵營？」校尉詫異不已。

「少囉嗦，去給我的部下騰出一個兵營來，上等的草料伺候著，要是餓瘦了牠們，我唯你是問！」馬超厲聲道。

校尉不敢冒犯，當即說道：「諾！末將明白！」

馬超扭頭對王雙道：「將這些部下安排好之後，就到知府衙門來找我！」

王雙也不知道馬超的葫蘆裡到底賣的什麼藥，讓他將牛群趕來，他本以為是趕來慰勞這裡的士兵的，哪知道他竟然把這群野牛當成了部下。

他「諾」了一聲，當即將野牛挨個的趕進了城裡，然後跟著那個校尉去給這群野牛安排兵營。

這消息很快便在士兵當中傳開了，當王雙趕著牛群走後，士兵們議論紛紛，有的甚至是一陣竊笑，最後，不知道是誰開玩笑的將馬超叫成了牛王，叫王雙叫牛將軍。

後來又有多事者，覺得牛王不好聽，在中間加了一個魔字，馬超瞬間便成了「**牛魔王**」，而王雙也被叫成了「**瘋牛將軍**」。這樣的稱謂，便在士兵中間流傳開來。

馬超策馬來到知府衙門，翻身下馬，徑直進去。

剛入衙門大廳，便見軍醫在給龐德包紮傷口，道：「龐將軍，我想請你跟我說一說賀蘭山下那撥先零羌人的狀況。」

「我聽說你被西羌譽為神威天將軍，應該對羌人很是瞭解，怎麼反倒問起我來了？」龐德不樂意地說道。

「你不願意說？」

「是又怎地？」

「呵呵，龐將軍的脾氣不小啊，別忘了，皇上的聖旨寫得清清楚楚，讓你受我節制，你這樣不配合我，就是違抗聖旨。」

龐德冷哼一聲道：「我只見到皇上的手諭，沒看見聖旨，再說，將在外，軍令有所不受，你讓我聽你的，憑什麼？按照官階，你和我都是在一個位置上，誰也不從屬誰，皇上只說讓我協助你，並沒說我一定要聽你的！」

馬超冷笑一聲，當即從懷中拿出一道聖旨，打開後，垂在龐德的眼前，厲聲道：「龐將軍，你可看清楚了，這可是真真切切的聖旨，上面寫得明明白白，要你受我節制！」

龐德看了一眼聖旨，點了點頭，說道：「嗯，我不會抗旨不遵的，只是我現在有傷在身，無法參拜，還請征西將軍見諒！還有，征西將軍的房間我已經讓人準備好了，就在東廂房，來人啊，帶征西將軍下去休息。」

門外進來龐德的一個親隨，走到馬超身邊，參拜了一下，說道：「征西將軍，請！」

馬超冷哼了一聲，甩袖而去。

龐德見馬超離去，心中也是一陣不平，想道：「一個亡國奴，有什麼了不起的！若非皇上帶你回來，你早死在關中了。皇上讓我按照手諭行事，只需給他五百騎兵，七天口糧，我就按照手諭辦事，聖旨不過是虛的。」

馬超回到房間後，王雙也跟了過來，兩人看到周圍的人對他們都不待見，難免有點不太好受。

「將軍，我怎麼覺得這裡的人對我們都很排斥？」王雙忍不住說道。

「上梁不正下梁歪，龐德對我就很排斥，他手底下的人自然也是如此了。」馬超輕描淡寫地說道。

他將盔甲卸去，兵器也卸除掉，坐在床邊問道：「那群野牛安排好了沒？」

「都安排好了，只是末將不明白，將軍要那群野牛做什麼？」王雙問。

「別問了，明天你就知道了，你也累了一天，好不容易到了這裡，早點歇息吧，明天我就要出征了。」

「這麼快？不再多歇幾天嗎？」

「有什麼好歇的，我在薊城歇的還不夠久嗎？」

王雙不說話了，知道馬超此次前來，必然會大展拳腳，緩緩說道：「將軍，一會兒吃飯的時候，我再叫你！」

「嗯，去吧。」

烏蒙虎帶著羌人無功而返，本來今天可以將龐德擊殺，誰知道中途突然殺出一個馬超，由於害怕，只得撤退。

靈武谷內，先零羌的羌王**烏爾德**正在山洞內宴請魏國來的使者，洞內烤著一隻全羊，周圍先零羌的大小頭領們都圍坐在一起，大口吃肉喝酒，顯得好不熱鬧。

然而，在烏爾德身邊坐著的那個人卻顯得格格不入，他身穿一襲墨色長衫，髮髻紮起，頭上戴著綸巾，雖然面帶笑容，但是明眼人一眼就能看得出來，這個人的笑容十分牽強，以至於面部都有些抽搐了。

他坐在那裡，時不時的撕下一小塊肉在嘴裡咀嚼，顯得彬彬有禮，極其斯文，正是魏國尚書令**劉曄**。

本來，出使的事情輪不到他來做，可是魏國正在用人之際，而籠絡先零羌又需要一個能言善辯、巧舌如簧的智慧之士，因為籠絡是否成功，直接關係到魏國以後的根基是否穩固，所以曹操才派遣他親自前來。

烏爾德斜眼看了一下劉曄，舉起了手中的馬奶酒，一臉笑意地問道：「貴使莫非是嫌棄我等粗俗之人？」

劉曄急忙擺手道：「不不不，我絕對沒有那個意思。」

烏爾德笑道：「很好，貴使，我們來乾一杯！」說著，烏爾德將酒杯舉到劉曄的面前。

劉曄無奈，只得端起那對於他來說極為難喝的馬奶酒，勉強喝了一口，臉上頓時露出痛苦之色。

烏爾德看後，哈哈笑道：「先生來這裡一個多月了，看來先生還沒能適應啊，對我們羌人而言，這是最美味的了，先生不妨每天多喝一點，這樣就會慢慢適應的。」

「多謝大王美意，我一定會設法適應這裡的。」劉曄違心的說道。

來這裡一個月了，每一天對劉曄來說都是度日如年，吃的、喝的、住的，都和中原相去甚遠。

可是魏國初建，關中疲敝，百姓十室九空，可謂是百廢待舉，在這樣的情況下，整個魏國的高層對羌人既恨得咬牙切齒，又不得不想法籠絡，因為關中之所以會這個樣子，就是拜羌人所賜。

他們不得不借助羌人的戰鬥力去抵禦外敵。羌人的戰鬥力不用說，能夠拉攏一個羌人，遠勝十個新招的士兵，一方面要防備，另一方面卻要安撫。

劉曄喝完一口馬奶酒後，便不再喝了，對烏爾德說道：「大王，如果這次烏蒙虎渠帥能夠斬殺龐德的話，那麼我們就可以集結大軍強攻臨戎城了。」

「哈哈哈……也多虧先生妙計，待烏蒙虎回來以後，只需歇上一夜，我們便可去臨戎城，本王要親自率領大軍，踏平朔方！」烏爾德高興地說道。

正說話間，人報烏蒙虎回來了，烏爾德當即讓人去傳烏蒙虎來見。

不多時，烏蒙虎進入了山洞，看到山洞內開心的氣氛，他則垂下了頭。

劉曄注意到烏蒙虎的這個表情，便皺起了眉頭，知道烏蒙虎肯定是沒有能夠成功斬殺龐德。因為，羌人若是高興，就會興奮異常，烏蒙虎卻是垂頭喪氣回來的。

烏爾德也注意到了烏蒙虎的表情，本來一臉的笑意，這會兒板起了臉，問道：「出什麼事了？」

此時，山洞內大大小小的頭領都鴉雀無聲，將目光全集中在烏蒙虎的身上，等待著烏蒙虎的回答。

整個山洞內，除了篝火上柴禾燒的劈啪聲外，再也聽不到任何的聲音，靜謐的有點異常。

烏蒙虎一步一步地走到篝火旁，跪在那裡，請罪道：「大王，我失敗了，沒能成功斬殺龐德，讓他給跑了！」

「混蛋！」

烏爾德當即將面前的一張桌子給掀翻，桌上的酒肉、盆盆罐罐，都摔在堅硬的石頭地上。

他指著烏蒙虎大聲罵道：「你是我先零羌第一勇士，劉先生的計策又十分精妙，你怎麼會讓龐德給跑了？」

「我甘願接受處罰！」

說著，烏蒙虎便掏出一把短刀，以利刃在自己的左邊臉頰上劃了一個長長的口子，登時鮮血直流，可他像是沒有感到疼痛一般，連眉頭都沒皺一下。

劉曄看到這種懲罰，認為有點太過，他雖然獻策，但難保計策不會被人破解，或是錯估了龐德的實力。

他看到烏蒙虎受罪，有點於心不忍，他還需要這樣的勇士去對付龐德呢，當即起身抱拳道：「大王，我的計策未必完善，想必是我低估了龐德，才讓他逃脫了……」

「不！先生的計策一點都沒有紕漏，錯在我身上。我指揮數倍於龐德的伏兵將他團團圍住，龐德也受了傷，本來是殺他的最佳時機。哪知從半路殺出來一個人，在我們背後一番左衝右突，他來的方向沙塵滾滾，地面震動，想必是帶來了援軍，我的部下抵擋不住，這才命令部下撤退！」烏蒙虎愧疚地說。

「混蛋！」烏爾德大罵道：「一個人就把你們給嚇退了，你們怎麼那麼沒用！」

劉曄心中一驚，急忙問道：「來人是誰？」

「是……是神威天將軍……」烏蒙虎回道。

烏爾德聽到這句話後，不由得雙腿直哆嗦，直接癱軟在座位上，喃喃地道：「你……你剛才說來的人是誰？」

「神威天將軍……馬超……」

「完了完了，這仗沒法打了，有天將軍在，朔方極難圖之……」

烏爾德像一個洩了氣的皮球，在聽到馬超的名字後，整個人頓時沒了精神，坐在那裡不停唉聲嘆氣的。

劉曄見狀，也是一陣為難，他深知馬超在羌人心目中的地位，本以為馬超歸順高飛以後，高飛會對馬超加以防範，不會讓馬超獨自領兵上戰場，哪知道馬超會來得那麼快。

他見眾人都洩氣了，當即說道：「馬超不可戰勝的神話早已經被打破了，我國的虎威將軍許褚就是馬超的剋星，再說，馬超再怎麼厲害，終究是一個人，他有勇無謀。只要我略施小計，便可將馬超包圍起來，到時候以十萬之眾襲殺馬超一人，他不被殺死，也會被累死，屆時便可一戰而擒。」

眾人聽後，還是無動於衷。

劉曄靈機一動，道：「我現在就寫一封信，發往長安，讓許褚儘快趕來，到時候由許褚抵擋馬超，把他拖到筋疲力盡之時，眾人再一起攻殺，便可不費吹灰之力的殺死馬超了。到時候，大王斬殺了馬超，必然會在羌人的心目中成為新的傳奇，屆時我再奏請陛下，正式冊封大王為西羌王，讓其餘各部落羌族全部統一歸大王調遣，這是何等的榮耀啊！」

烏爾德被劉曄的話說得心癢癢的，當即一拍大腿，發出豪語道：「對！馬超再厲害，也不過是一個人，本王有三十餘人，就是站在那裡讓他殺，也能讓他活活累死！都給我打起精神來，本王要和馬超決一死戰！」

劉曄見自己的激將法奏效了，很是欣慰。

不過，他擔心的是另外一件事，不知道徐庶是否能夠說服鍾存羌，如果能夠籠絡鍾存羌為魏國效力，絕對是一股不可限量的後盾。要知道，鍾存羌現在的實力已經足夠滅掉整個魏國和其餘羌族，此等實力絕對不可小覷。

烏蒙虎聽後，也站了起來，舔了一下自己刀尖上的鮮血，兩隻眼睛紅通通的，怒道：「這一次，**我要讓龐德成為我刀下的亡魂。**」

清晨，第一縷陽光照射在臨戎城上，馬超已經帶著王雙，和一百多頭野牛集結在城外，正等候著龐德調撥給他的五百名騎兵。

不一會兒功夫，五百名精壯的狼騎兵從城中湧出，在一名校尉的帶領下來到馬超的面前。

清一色的匈奴人，戴著的頭盔兩邊還拴掛著兩根狼尾，看上去甚是威武。

馬超還是第一次見到這樣打扮的人，他並不知道，在整個臨戎城中，除了龐德之外，其餘全是匈奴人組成的狼騎兵，每一個都是驍勇善戰的勇士，也只有在遠征之時，才會精心打扮一番，平時和一般漢人穿著無異。

校尉原是張遼的部下，跟隨張遼許久，自從張遼調往中原之後，便和其他幾個校尉一起肩負起臨戎城的重擔，也是匈奴部族中一等一的勇士。

這撥人都是龐德親自挑選的，都是百裡挑一的勇士，龐德雖然對馬超不服氣，可那是個人之間的問題，他並不會因私廢公。

眾人參拜完馬超後，便被馬超下令驅趕著這群野牛，離開了臨戎城。

匈奴人對於牧馬、牧羊非常有經驗，所以對付這群野牛更是不在話下，幾個口號一喊出來，大家便輕車熟路地揮舞著馬鞭，驅趕著這群野牛上路了，所攜帶的輜重、水源索性也都放在野牛的背上馱著，當成運輸糧草的工具。

不過，馬超驅趕這群野牛一起上路，最主要的原因，是他要借助這群野牛幹出一番驚人的舉動。

有熟悉這一帶地形的匈奴人做嚮導，一群人浩浩蕩蕩的上路，朝著遠在一兩百里之外的賀蘭山而去。

馬超這邊剛走，龐德便登上臨戎城的城頭，眺望著馬超遠去的背影，心中暗暗想道：「但願馬超此行不會出現什麼狀況，不然的話，我的罪過就大了。」

等到馬超等人徹底消失得無影無蹤之後，龐德扭頭對身後的幾名校尉說道：

「你們三個，每個人各帶兩千騎，尾隨馬超之後，帶足十天的食物和水，隨時做好支援征西將軍的準備。」

手下的三名校尉聽了，雖然不解，但不敢違抗，畢恭畢敬地答應下來。隨即，三名校尉去點齊人馬，準備充足的食物和水，按照階梯式的方式前進。

龐德負傷，無法親自上戰場，連續一個多月來，先零羌狡猾的游擊戰術讓他甚是頭疼，此次馬超親自率軍出征，他希望馬超能夠以少勝多，一戰平定先零羌。他能為馬超做的，也只有這麼多了。

馬超由於趕著野牛，第一天行軍只不過才五十里，一行人便在附近的高坡上駐紮。

第二天、第三天依舊是五十里，極為有規律，可是到了第四天，行軍速度驟然減慢，因為中途要穿過一小段沙漠，所以在越過那段沙漠，重新進入千溝萬壑的黃土高原後，便停止了前進。

馬超獨自一人登上最高的高坡，遠遠眺望而去，在空曠的原野上，隱隱約約能夠看見賀蘭山，他又環視了附近的地形，仔細地記在腦海中，這才下了高坡。

回到隊伍中，他對王雙吩咐道：「你驅趕五十頭野牛，帶著一百騎兵，到南邊五里的地方，還用老辦法，在牛尾和馬尾上拴著樹枝。如果聽到我吹響號角，就點燃牛尾上拴著的樹枝，從那邊殺來。野牛在前，你們在後，將一百騎兵一字排開。另外，如果是在夜晚，不許生火。」

王雙聽後，當即點頭，選了一個屯的騎兵，驅趕著五十頭野牛便走了。

接下來，馬超又安排一個屯長，帶著剩餘的五十頭野牛和一屯的兵力去北邊五里地的地方埋伏，也讓他們用同樣的方法。

吩咐完畢，馬超轉身對那個匈奴籍的校尉說道：「你們全部跟我走，向前挺進十里。」

眾人都摸不清馬超要幹什麼，順從地應聲隨馬超而去。

中午剛過，馬超率領著三百人的狼騎兵一路狂奔，向前挺進十里，臨時搭起了營帳，此處距離賀蘭山下的靈武谷只有十五里，已經是先零羌的勢力範圍了。

但奇怪的是，這一路上，先零羌的人一個都沒見著。

深知羌人習性的馬超，從龐德遇到伏擊就感覺到了。對他來說，不怕羌人會武功，就怕羌人有文化，上一次見到羌人居然會耍小計謀了。

雖然說伏擊是戰場上很平常的一件事，但一向敏感的馬超，深知這件事透著一個不祥的訊息。

此時，他更加深切的感覺到極大的不尋常。如果按照羌人以往的習性，只要有人敢闖入他們的勢力範圍之內，一定會拒敵於千里之外，死活都不讓你進入腹地。

因為羌人外強中乾，每次出征都是挑選能征善戰的勇士，留在後方的都是些老弱婦孺，一旦駐地遭受攻擊，損失的可是財產，這對嗜錢如命的羌人來說，是極為不願意看到的。

紮下臨時的營地之後，馬超讓人在營地周圍挖了一些陷馬坑，不需要太大，能夠陷住馬蹄就行，而且錯落分散，像是一張密集的網。

正所謂吃一塹長一智，馬超打不過高飛，打不過曹操，這不是說他的作戰能力不行，而是他智謀不足，但是對付一向直來直去的羌人，他學得比以前精明，知道**用腦子去思考**。他這樣做的目的，正是由於熟悉羌人的習性。

忙活了大半天，到了傍晚，落日的餘暉灑在這片千溝萬壑的黃土高坡上，馬超讓狼騎兵將一路上收集到的乾牛糞堆放在一起，在營地裡升起篝火，照耀著周圍，在夜間顯得格外的引人注目。

馬超將三百名狼騎兵聚集在一起，朗聲道：

「這一路上，我們朝夕相處，也算是混熟了些。我雖然受封為征西將軍，但是你們別把我當將軍，把我當成你們的兄弟。我這個人喜歡直來直去，我知道你們以前都是虎牙大將軍張遼的舊部，都是精挑細選出來的匈奴勇士。

「羌人和匈奴同是草原上的遊牧民族，當年匈奴雄霸草原的時候，羌人不過是你們的附屬部落，如今卻發展成一支龐大的部族，我料今夜羌人必然會來夜襲，希望你們拿出匈奴人的那股勇氣，我們雖然人少，卻都是以一當百的精兵，縱然羌人來他十數萬，有我帶領著你們，就不怕他們！

「現在，我以水代酒，敬各位勇士一杯，等我們打了勝仗，回去之後，我們再開懷暢飲，喝他個三天三夜！」

說著，馬超便舉起自己手中的水囊，朝著面前的三百人大聲喊道：「來，讓我們乾了！」

三百位匈奴籍的勇士聽到這番話後，登時覺得心血澎湃，同時舉起自己手中的水囊，大聲喊了一聲「乾」，便咕嘟咕嘟的喝了一大口水。

接著，眾人整理軍備，給馬匹餵草料，靜靜等候著戰鬥的來臨。

靈武谷內。

羌王烏爾德早已準備好一切，從馬超一出沙漠就有探馬來報，將馬超的動向全部彙報了過來，得知馬超帶領三百騎兵在十五里外紮下營地，又分出兩百人趕著五十頭牛埋伏，這邊便準備了一番。

劉曄當即對烏爾德道：「大王，馬超如此做，不過是想誘敵深入，然後伏擊我們。我以為，應當兵分三路，大王自引大軍攻擊馬超駐地，另外派遣兩支偏軍從側翼迂迴，先解決掉馬超布置在後面的兩百騎兵和一百多頭野牛，再將得勝之師與大王合圍馬超，一戰便可以將馬超擒獲！」

按理來說，劉曄的計策是上上之策，可是羌王烏爾德卻並不那麼想。在他看來，馬超不過帶來了五百名騎兵和一百多頭牛，他以十萬之眾圍攻，有什麼好怕的！即使馬超出動伏兵，不過才兩百人，還不夠塞牙縫呢。

他當即擺手道：「你們漢人就是喜歡拐彎抹角，區區五百人和一百多頭野牛又何懼哉？我十萬大軍圍攻，對付那點人，就像捏死一隻螞蟻一樣簡單！先生留在此處，我給先生找了個美女，供先生享用，等本王回來，必然會提著馬超的人頭。」

劉曄一聽這話，嘆了一口氣，不再言語，心道：「羌人喜歡直來直去，十萬之眾對付馬超五百人，我的計策確實有點多餘了。」

「烏蒙虎，傳令下去，全軍出發！」烏爾德當即朗聲道。

第五章

地獄幽靈

馬超一身銀光，在黑夜中格外的顯眼，在夜晚看上去，彷彿是地獄來的幽靈。事實上，他確實是帶著五千名士兵來索命的。短短數秒功夫，五千個人頭脫離了身體，當眾人開始斬殺第三波時，一個羌人登時大叫了起來。

天上的星星亮晶晶的，多的像是被人用那些光明的顆粒向漫無邊際的太空作了一次普遍的播灑，馬超等人嚴陣以待，各個摩拳擦掌，期待著戰鬥的來臨。

此時是秋頭夏尾，黃土高原上的夜裡刮起了風，風不算大，但在這片千溝萬壑的高原上，成了眾人耳邊唯一的聲音。偶爾會有一些野獸的咆哮聲，但是轉瞬即逝，又只剩下風聲。

銀灰色的月光灑滿大地，給馬超等人披上了一層朦朧的外衣。

又等了將近半個時辰，馬超等人便聽見滾雷般的馬蹄聲，四面八方到處都是，極目眺望，但見月光下層出不窮的騎兵一群接著一群駛進眾人的眼簾。

馬超選擇的駐地是在一處高坡上，坡度陡峭，加上已經做好防禦措施，所以可以臨時堅守。

聽到這股震撼的馬蹄聲，馬超憑藉經驗可以斷定，來的羌人應該在十萬左右。他冷笑一聲，對周圍的人說道：「先零羌也太看得起我馬超了，區區三百人，竟然出動了十萬之眾，看來我馬超在他們的心目中，還是威信不減啊！」

眾人聽後，都笑了起來，張弓搭箭，圍繞著營地，準備迎敵。

四面八方的羌人騎兵驟然奔跑到高坡的下方，馬超等人一箭未發，羌人的騎兵便轟隆隆的一片人仰馬翻，紛紛倒地不起，許多馬匹的馬蹄全部陷入窄小的陷馬坑裡，扭斷了馬腿，將騎兵一個個掀翻在地。

由於那些陷馬坑分布的很沒有規律，所以馬匹密密麻麻的倒下一大片，阻滯了後面騎兵的道路，有些騎兵沒有來得及勒住馬匹，便直接從前面倒地的騎兵身上踐踏了過去。

「放箭！」馬超適時的一聲大喊，他和部下紛紛射出箭矢，羌人應弦而倒。

烏蒙虎從後面衝了過來，看到前面的騎兵倒地一片，怒不可遏，大聲喊道：「放箭，給我全部放箭，射死他們！」

一聲令下，羌人紛紛取下弓箭，朝包圍的高坡上放箭。

馬超等人見羌人放箭，拿出早就準備好的木質的盾牌，豎立成一道防護牆，人躲在後面，聽到「篤篤篤」的箭矢射在木盾上的聲音，都是一陣竊笑。

這種木盾是雙面的，每一面木盾的外面都蒙上了一層牛皮，在牛皮和木盾之間夾有間隔，用來減緩箭矢的衝擊力，不至於讓箭矢穿透木盾，反而傷了持著盾牌的人。

一波波箭矢落下，馬超等人毫髮無損，反而木盾上沾滿了箭矢。

烏蒙虎見高坡上的人失去了反擊能力，便指揮騎兵向上奔馳，暫時停下箭矢的攻擊，以免誤傷了自己人。

與此同時，不斷趕來的羌人騎兵密密麻麻地向這裡集結，從高坡上望下去，黑壓壓的一片人，綿延出好遠，兵容甚是壯觀。後面趕來的騎兵無法接近高坡，只能在那裡乾瞪眼，任由衝在前面的人去戰鬥。

馬超等人見箭雨停止，當即讓人把盾牌給翻過來，先丟棄在地上，拉弓開箭，朝將要爬上高坡的騎兵射去。

這些人的箭法都非常準確，有的甚至能夠一箭貫穿兩個人，一經放箭，反倒是將衝到半坡的羌騎給壓制了下去，一個個翻身落馬，馬匹見主人死了，便向後逃竄，有的則停步不前，矗立在那裡。

烏蒙虎見狀，只好將攻擊的騎兵撤下來，由於這個陡坡，馬匹攀爬很有難度，稍有不慎就是人仰馬翻，所以著實讓這些羌人費了一番功夫。

「射！再給我射！他們的箭矢是有限的，跟他們耗！我就不信，他們能夠堅持半個時辰！」烏蒙虎再次掄起馬刀，大聲叫道。

馬超聽到後，下令部下取下之前射在木盾上的箭矢，然後舉起木盾，重新將箭矢聚攏在一起，做好防護措施。

又是一波箭雨從天而降，木盾下面的人隱藏的極好，沒有一個人傷亡，就連馬匹也被他們統一聚攏在一起，給馬棚的四周都做好了防護的措施，阻擋著箭矢的侵擾。

整個營地裡落滿了箭矢，一會兒功夫，就足足有數萬支箭。

由於連續射擊實在太費臂力，所以前排的羌人也出現了疲憊之色，胳膊都有點發酸了，密集的程度也漸漸的減弱了。

馬超見狀，當即吩咐道：「火箭準備！」

三百騎兵輪番到營地中的篝火那裡，點燃了早已經綁縛好的箭矢，當三百人全部完工之後，將木盾背負在背上，在馬超的一聲令下後，同時轉身，冒著敵人的箭矢開始反攻，將一支支箭矢射向密集的羌人當中。

緊接著，便是一聲聲慘叫，許多人應弦落馬。

不過，也有狼騎兵在轉身的瞬間不夠小心，結果被箭矢射中身體，雖然血流不止，卻仍然堅持戰鬥。到最後實在沒有太多反擊的機會時，一個個便將地上的箭矢收集起來，抱著箭矢跳進篝火當中，全身燒著之後，便從高坡上向前猛衝。

這一幕讓馬超和所有的羌人都沒有想到，**這種戰鬥到死的精神，才是狼騎兵真正的精神所在，只問敵人在哪裡，不問敵人有多少，至死方休**。

在空曠的戰場上，三名狼騎兵忍受著灼熱的疼痛，衝向羌人之中，將手中抱著的箭矢一古腦的扎進了一兩個人的身體，自己死死地抱著羌人騎兵，火勢便將那名羌人騎兵點著，他的戰馬也被燒得發了瘋似的亂跑，驚動周圍百餘名羌人紛紛躲閃。

但是，由於太過擁擠，躲都躲不開，火勢一起，反而將周圍的人都波及到了，眾人紛紛下馬拍打身上燒著的火，一時間，高坡下面一片混亂。

馬超看了，靈機一動，當即喊道：「將篝火全部推下去，趁著這會兒羌人大亂，停止了射擊，把戰馬全部拉出來，跟我一起衝出去！」

二百九十七名狼騎兵紛紛按照馬超的吩咐，先將篝火推了下來，又陸續射出零星的火箭，讓羌人亂上加亂。緊接著，每個人手持一桿長槍，腰中佩戴著鋼刀，翻身上馬，跟著馬超向下俯衝！

「衝出去！」

馬超一馬當先，身先士卒，帶著所有的騎兵從高坡上衝了下去，俯衝的優勢，加上馬匹的衝擊力，以及所有人視死如歸的氣勢，一經衝進混亂的羌人當中，立即勢如破竹，在羌人的包圍中撕開了一個大大的口子！

馬超長槍抖動，身後的狼騎兵也毫不示弱，長槍如林，快馬狂奔，加上羌人對馬超的畏懼心理，許多羌人不敢應戰，紛紛不戰自退，可是退也退不遠，人擠人，人挨人，馬匹互相碰撞，千軍萬馬中頓時一片混亂，羌人哭喊，咆哮著，馬匹發出長嘶的悲鳴，指揮登時失靈。

「擋住！擋住！擋住他們！」

烏蒙虎不斷大叫著，帶著自己的部下想衝過去，可是反被那邊來的士兵給擠到一邊。

他站錯了位置，和馬超等人相距甚遠，只能眼睜睜地看著馬超在羌人中左衝右突。

不一會兒，馬超便率領著狼騎兵從羌人的包圍中成功突圍而出，未曾傷亡一兵一卒，一路向東撤去。

「追！給我追！」烏蒙虎大叫著：「休要走了馬超！」

於是，成千上萬的羌人開始追逐著馬超等人朝東追了過去。

烏爾德率軍趕來的時候，烏蒙虎已經帶著人去追馬超了，不禁大罵道：「烏蒙虎廢物！一萬人竟然抵擋不住三百人！傳令各部，給我追過去！斬殺馬超者，本王封他做副羌王！」

命令四處傳開，副羌王的誘惑讓眾人奮勇向前，九萬大軍四散開來，鋪天蓋地，捲起了陣陣沙塵，但見在千溝萬壑的黃土高原上，羌人的騎兵漫山遍野。

馬超見十萬羌人從後面追來，臉上掛上了一抹笑容。

一路向東狂奔，奔馳了差不多十里地，馬超便對部下喊道：「吹響號角，發信號！」

嗚咽的號角聲頓時響起，悠揚而又深遠，向四處傳開！

馬超勒住了馬匹，調轉馬頭，登上一個高坡，大聲對部下喊道：「將士們！現在正是顯露你們勇氣的時候，不一會兒，我們的援軍就會抵達，皇上御駕親征，帶著大軍三十萬，此戰，要徹底擊潰羌人，跟我殺！」

馬超說的那句「高飛帶著三十萬大軍御駕親征」的話，不過是用來激勵士氣的一種手段，可是的確奏效了，二百九十七名狼騎兵盡皆發自肺腑的吶喊著，跟隨馬超，向鋪天蓋地的羌人騎兵衝殺過去。

馬超等人猶如大江大河中的一葉扁舟，但就是這樣的一葉扁舟，一經衝進羌人的騎兵群中，卻在羌人的騎兵中乘風破浪，所到之處死屍遍地，一番左衝右突，羌人抵擋不住，又對馬超產生畏懼，是以再一次陷入了混亂。

烏蒙虎從後軍趕來，見到馬超在前軍馳騁無敵，趕緊喊話道：「都不要怕！馬超再厲害也不過是一個人，全軍一起上，將其斬殺了！大王說了，斬殺馬超者，就是二大王了，給我放箭！」

說實在話，烏蒙虎也很懼怕馬超，所以才一直躲在後面，讓部下在前面冒死衝鋒，而與烏蒙虎有著同樣心理的人不在少數，一時間羌人迅速向四周逃竄，準備和馬超等人拉開距離，用弓箭迎敵。

馬超也不傻，帶著那將近三百人的狼騎兵，緊緊地咬住羌人，跟在羌人的後面。

但他不是一味的緊跟，而是追殺一會兒換成追擊另外一夥人，如此反覆地在羌人中馳騁，從東向西，貫穿整個戰場，然後又從南到北，看似沒有章法的胡亂衝撞，將羌人完全打散，使其無法集結在一起，就可以阻止羌人組成密集的箭雨。

羌人落馬的人數不斷增加，可是卻拿馬超沒有半點辦法。

最後一部分羌人，越拉越開，稀稀落落的，或幾十人一隊，或百餘人在一起。也由於戰場越拉越大，羌人才得以在周邊收攏，大有聚攏在一起組織箭雨的舉動。

馬超見狀，便將騎兵分成四隊，其中三隊，每五十人一隊，馬超自引剩餘的百餘名騎兵，向著不同的方向衝撞。他則直取烏蒙虎，一路橫衝直撞，被馬超刺落馬下的羌人激增。

之後，馬超又陸續分出了兩支五十人隊，分別朝不同方向而去，他自己則帶著四十七名騎兵，朝烏蒙虎而去。

按照馬超的策略，分兵出去的五支五十人的騎兵隊伍，每個隊伍又一分為五，每十人一隊，分別又朝著各個不同的方向衝過去。

片刻之後，分兵的優勢效果突顯出來，不到三百人的騎兵隊伍，竟然將高達七千人的羌人騎兵攪亂了。

整個羌人的前部亂成了一鍋粥，烏蒙虎徹底懵了，看到這一幕，無論他怎麼喊，都於事無補，羌人徹底潰散了，亂得像一盤散沙。

正當他還在發愁該怎麼辦的時候，突然側翼的數百名騎兵一陣慌亂，他扭頭一看，但見馬超帶著幾十名騎兵不知道什麼時候殺了過來。

側翼的騎兵對馬超都是心驚膽戰，全部作鳥獸散，直接將烏蒙虎暴露在馬超的威脅之下。

烏蒙虎見馬超衝了過來，也是一陣驚慌，頓時調轉馬頭，向後撤去。哪知後面的烏爾德率領大軍殺到，兩軍相遇，互相衝撞在一起，反倒將烏蒙虎給撞下馬匹來。

就在銀灰色的大地上，一桿赤紅的長槍一閃而過，烏蒙虎只覺得背心一陣冰涼，同時劇烈的疼痛感傳遍全身，帶著黏稠血液的槍頭正好從他心窩處透了出來。

他慘叫一聲，立時斃命。

「刷！」馬超抽出腰中長劍，快如閃電，將烏蒙虎的頭顱斬下，提在手中，衝上高坡，大聲喊道：「還有誰？」

吼聲如雷，滾入人耳，羌人們見先零羌第一勇士烏蒙虎都死了，盡皆膽怯不已，就連烏爾德也是一陣驚慌，急忙讓部下勒住馬匹。

就在這個時候，大地傳來轟鳴般的聲音，在這片高坡的南北兩側，同時揚起了滾滾沙塵，遠遠望去，遮天蔽月，地面為之震動，聲勢之浩大，令在場的每個羌人都是一陣心驚。

馬超也感到奇怪，按理說，他只有二百騎兵的伏兵，即使用他的策略，也不可能造就如此宏大的聲勢。

雖然尚且情況不明，但他看到這一瞬間的變化，立即叫道：「援軍來了！皇上御駕親征，帶著三十萬大軍來了，將士們，都給我殺！斬殺羌王者皇上封他位萬戶侯！」

另外兩百多名分散在高坡下面，還在來回衝突的狼騎兵聽到之後，同時大聲吶喊起來，喊聲陣陣，逐漸靠攏在一起，擰成了一股力量，向著羌王烏爾德的所在之處便衝了過去。馬超也在這個時候俯衝下去，直奔烏爾德。

烏爾德聽聞馬超說援軍來了，又見南北兩側的那種浩大聲勢，自己的部下早就亂了，加上馬超勇不可擋，急忙下令撤軍。

一聲令下，羌人騎兵爭先恐後的向後撤去，每個人都生怕落在後面。只一會兒功夫，九萬多的羌人騎兵竟鎩羽而歸。

馬超追了兩三里，斬首兩百餘人後，這才停止追擊。與此同時，王雙等埋伏好的騎兵也趕了過來，聚集在一起，居然又六千多人。

兩下照面，馬超策馬奔馳到王雙的面前，問道：「你哪裡來的那麼多兵？」

王雙道：「將軍，是龐將軍派遣他們來的，讓他們在後面接應我們。另外，末將沒有按照將軍的意思用火牛陣，怕在夜晚引人注目，還請將軍責罰。」

「責罰你做什麼？若不是你們及時趕到，只怕我就要被羌人給包圍了，早晚還是死。」

「多謝將軍。將軍，皇上……皇上御駕親征了，目前已經抵達臨戎城。這是皇上手諭，請將軍過目！」王雙說著，便拿出一張字條，交給馬超。

馬超看完，點了點頭，對王雙和其他三名帶兵前來的校尉說道：「皇上手諭，讓你們全部聽從我的命令，我們身為皇上的先鋒軍，現在羌人剛退，趁他們不能識別真假之時，乘勢殺過去，殺進靈武谷，一把火燒了他們的駐地。」

「將軍，這樣是不是太草率了？我們才六千多人，羌人可有二三十萬呢！」一個校尉提醒道。

馬超笑道：「我以三百騎兵對付羌人十萬尚且不怕，現在又多了六千多人，區區二三十萬人，有什麼可怕的？是懦夫的全部留下，**我馬超的隊伍裡，只要勇士，不要懦夫！**」

話音一落，沒人再吭聲。

馬超繼續道：「既然大家都不說話，那就表示你們願意跟隨我一起衝殺過去了，那麼，你們就全部要聽從我的調遣，任何不服從調遣的人，我必殺之！聽說你們都是虎牙大將軍的舊部，是一支精銳的狼騎兵。既然如此，**今夜就讓你們的狼性徹底的爆發吧**，跟我一起去洗劫羌人駐地。」

「威武！威武！」所有人的鬥志都被激發了，六千四百九十七名騎兵不約而同地大聲吶喊起來。

於是，馬超便帶著他們一起沿著羌人潰敗的方向追去，並且每匹戰馬後面繫著樹枝，一字排開之後，那種場面從遠處看去甚是壯觀。

平明時分，烏爾德剛剛帶著大軍回到靈武谷，後面的探馬便來稟告，說看見馬超親自率領五百名騎兵為前部，與馬超相隔不遠，便是劈天蓋地的華夏國的騎兵，猶如一陣狂風一般，捲起了黃土高原上的沙塵，一眼望不到頭，正朝著這個方向追逐而來。

烏爾德一聽，當下急了，心想馬超太厲害了，不愧是神威天將軍。驚慌之餘，急忙下令所有部族全部撤離靈武谷，退到賀蘭山上，準備暫避鋒芒。

烏爾德的命令一經發布，靈武谷內的羌人頓時都慌了起來，攜帶馬匹，拉扯牛羊，拖家帶口的便朝賀蘭山上趕。

但是上山的道路較為崎嶇，以至於堵塞了道路，最後不得不輕裝前進，將牛羊、馬匹以及一些沒有用處的東西全部留在山下，這才使得上山的道路恢復了通暢。

與此同時，劉曄也接到了一封加急文書，上面寫著郭嘉率領著一支兩萬人的匈奴騎兵隊伍攻占了北地郡的郡城，要他從先零羌這裡借兵去收復北地。可是，這會兒先零羌都自身難保了，哪裡還有功夫去理會劉曄。

劉曄找到烏爾德，道：「大王走得如此匆忙，難道就不覺得有一點可疑嗎？我聽傳言說，華夏國的皇帝率領三十萬大軍御駕親征，可據我所知，華夏國若要調集這麼龐大的軍隊，必須要耗費上一些時日，我覺得傳言並不可信，就算馬超果真帶著大量騎兵殺來，只要緊守靈武谷，就能堵住馬超的去路，不需要全部都朝賀蘭山上跑啊……」

「你給我滾！都是因為你！滾回長安去，告訴你的皇帝曹操，本王不幹了！」

烏爾德早就不耐煩了，他對馬超是很懼怕的，以前若不是馬超幫助燒當羌，他先零羌也不會跑到這裡來，儘管昨夜他不斷地說服自己，馬超並不可怕，可是當他親眼看到馬超斬殺了烏蒙虎後，便再也堅持不下去了。

劉曄沒想到烏爾德會反悔，他還想說些什麼，兩名羌族勇士便將他給架到了一邊。

看著烏爾德遠去的背影，劉曄知道事情辦砸了，眼睜睜地看著幾十萬先零羌的人爭先恐後的上山，他重重地嘆了口氣，黯然地離開了這裡。

一個時辰後，馬超率領王雙和五百名騎兵率先趕到。

當他們抵達靈武谷的時候，先零羌人已經全部上了賀蘭山，整個靈武谷內空無一人，地上一片狼藉。

馬超登上高處，憑空眺望，但見通向賀蘭山的山道路口牛羊成群，馬匹成堆，還有一些被踐踏死的牧民，已經心知肚明了，當即笑著說道：「先零羌上了賀蘭山，這下正中我的下懷。王雙！」

「末將在！」王雙抱拳道。

馬超道：「即刻帶人封鎖所有進出賀蘭山的要道，將那些牛羊、馬匹以及所有雜物全部帶回靈武谷，我要圍山！」

王雙應了聲，轉身離去，正好後面的兩千騎兵到來，當即將命令傳達下去，到進山的山道上，將那些牛羊、馬匹全部趕回了靈武谷內，又搬開鍋碗瓢盆、衣物等雜物，迅速地將山道給封鎖起來。

馬超分出四千騎兵，圍繞著賀蘭山巡視，如果有出山的道路就予以封死，在方圓幾十里內實行戒嚴。

山下的行動，早有羌人報告給烏爾德，並且看清馬超的軍隊數量。烏爾德聽後，甚是懊悔，悔恨當初沒有聽劉曄的話扼守靈武谷，於是吩咐趁馬超立足未穩時，重新奪回靈武谷。於是，數萬羌人從山上開始向山下衝。

王雙率領兩千人，早已將下山的要道封死，將士兵部分散在道路的兩邊，見羌人反攻，也予以反擊。由於山道窄小，所容納的士兵有限，無疑給羌人造成了極大的困惑，雖然有二三十萬之眾，卻全部被堵在山上，而且由於走得很匆忙，許多人連弓箭都沒有帶。

羌人嘗試了幾次衝鋒，結果都以失敗告終，最後又被迫退回了山上。

黃昏時分，羌人從山上推下巨石，想借此衝開一條路，這條計策雖然好，可是巨石從山道中滾下，磕磕絆絆的碰到許多石頭，結果抵達王雙等人腳下的時候，已經是一堆小的石塊了。結果，石塊越堆越多，竟然堵住了出口。

羌人搬起石頭砸自己的腳，徒勞無功，加上夜幕已經拉下，此時他們又累又餓，便停止了向山下衝鋒，在山上升起一堆堆篝火，一時間，賀蘭山上被一堆堆篝火映照得猶如白晝。

又累又餓的羌人開始自行結隊去賀蘭山深處狩獵，並且找洞穴過夜，留下來的羌人則聚攏在篝火邊。

有些牧民攜帶了食物，拿出來吃的時候，引來圍觀。為了一口吃的，牧民們起了爭奪之心，大打出手，騷亂不斷，身為羌王的烏爾德也控制不住，只好睜一隻眼閉一隻眼，任由他們這樣。

夜深了，賀蘭山深處不斷傳出人的慘叫聲以及猛獸的哀嚎聲，這是人與猛獸間的較量，點點火光組成的長龍在賀蘭山深處徘徊。羌人的勇士們三五成群，一點一點的深入賀蘭山深處。

虎嘯聲、狼嚎聲以及許多動物的鳴叫聲，在此刻顯得格外的清晰，而賀蘭山之大，也出乎了羌人的想像，由於猛獸們都很畏懼火光，所以大多都躲進了更深的山林中，以至於幾萬人去狩獵，所獵到的獵物卻很少。

一個多時辰後，幾百個羌人先帶著獵物回來，剩餘的人繼續在深山老林中圍獵，追逐著猛獸。漸漸地，聲音聽不到了，連那條火龍也看不見了，只能瞅見那邊的山峰下面有一片光暈。

烏爾德坐在那裡，等候了許久，終於可以吃上一頓飽餐了，想起昨天晚上還在靈武谷內大口吃肉，大碗喝酒，烏爾德的鼻子就一陣酸楚，這差距，簡直是天上和地下。

他也在想，馬超就一個人，為什麼他一見到馬超就害怕。想了許久，想不通，略有點睏意，便睡下了。

後半夜時，羌人大多都在山中找到了棲身之地，山中大大小小的山洞，本來是各種動物的洞穴，但是龐大的羌人一經到來，那些野獸就只能規避，四處逃竄。

不管這些羌人是吃上飯還是沒吃上飯，到此時都是又累又睏，就都睡下了，就連放哨的也都失去了意識。

今夜沒有月光，夜晚一片漆黑，丑時剛過，篝火失去了燃料，便自動熄滅了，整個山上聽得最多的是呼嚕聲和餓得饑腸轆轆的「咕嚕」聲。

可是，誰也沒有注意到，一夥黑影將山下大石封住的道路搬開了一個小縫，悄悄地從山下上了山。

丑時三刻，那夥五千人的黑影同時對羌人發動了攻擊，就在一瞬間，五千顆人頭便在睡夢中脫離了他們的身子。

馬超一身銀光，在黑夜中格外的顯眼，銀盔，銀甲，赤槍，在這樣的夜晚看上去，**彷彿是地獄來的幽靈**。事實上，他確實是帶著五千名士兵來索命的。

短短數秒功夫，第二波五千個人頭脫離了身體，當眾人小心翼翼的開始斬殺第三波時，一個起夜上茅房的羌人突然看到了這一幕，登時大叫了起來。

「敵襲！敵襲……」

不等那羌人叫出第三聲，一顆人頭便落地了，鮮血噴湧而出，灑滿一地。

緊接著，嗚咽的號角聲登時響起，驚醒了在沉睡中的羌人。

與此同時，馬超、王雙等人便開始一陣瘋狂的殺戮，利用羌人回神的工夫，又陸續斬首了一萬個首級，收割著這群羌人的頭顱，一時間屍橫遍野，血透大地。

羌人突然遭到襲擊，迅速展開反擊，可惜在黑暗中，看不清對方是誰，加上武器匱乏，精銳的兵力深入山林狩獵未歸，以至於被馬超、王雙等人攪得亂成了一鍋粥。

羌人開始四處逃竄，慌不擇路中，有許多羌人被石頭絆倒，一頭磕在石頭上，一命嗚呼。還有一些人直接從山上滾落下去，摔得身體癱瘓，賀蘭山上頓時哀聲遍野。

馬超正瘋狂的殺戮間，忽然撞見羌王烏爾德，他砍翻了幾名烏爾德的護衛，長臂一伸，直接將烏爾德給抓住。

馬超生怕把羌人逼急了會適得其反，當即喊道：「撤退！」

羌人遭逢此難，也不知道來了多少敵人，不敢貿然追擊。半個時辰後，馬超、王雙等人安全抵達靈武谷，不曾折損一兵一卒。

靈武谷內。

馬超卸去一身盔甲，坐在山洞內，看著一臉驚恐的烏爾德，笑了笑道：「烏爾德，你可認識我嗎？」

「認……認識……天將軍威名赫赫，我怎麼會不認識呢？」烏爾德怯生生地道。

「既然認識，為何見到我，不速來歸降，反而要抵抗我？我不得已，只能將你親自抓來問罪了！」馬超質問道。

「我……我是受人蠱惑，不是我的意願，我怎麼敢和天將軍為敵呢。」烏爾德惶恐地道。

「可是你還是這樣做了，今日我將你擒獲，給你兩條路走，一是率領你先零羌的所有族人歸順於我，二是，你……」

烏爾德不等馬超說完，就搶先答道：「我選一！我願意率領所有先零羌的族人歸順華夏國，再也不敢和華夏天軍為敵了……」

馬超冷笑一聲，說道：「你回答錯了！」

「回答……錯了？」烏爾德不解地道。

馬超見烏爾德不開竅，提醒道：「**我說的是讓你率領先零羌的所有族人歸順於我，而不是華夏國。**」

烏爾德急忙改口道：「是我錯了，是我錯了，我願意率領所有先零羌的族人歸順天將軍，從今以後聽候天將軍的調遣，天將軍讓我幹什麼，我就幹什麼！如果我敢背盟，就讓我死無葬身之地，天打五雷轟……」

「夠了，夠了。」馬超笑了起來，衝外面喊道：「拿酒肉來，慰勞一下羌大王！」

話音落下，王雙將早已準備好的酒肉給端了上來，放在烏爾德的面前。

烏爾德當即又吃又喝，沒有一點吃相可言。

馬超對王雙道：「派人給皇上發捷報，就說先零羌已經平定了，這裡山高路遠，還有沙漠阻隔，請皇上在臨戎城暫歇，待我安頓好這裡的羌人，就回臨戎城面聖。」

「諾！」

廣袤的大漠，死寂的沙海。

一盤渾圓的落日貼著沙漠的稜線，大地被襯得暗沉沉的，透出一層深紅，托著落日的沙漠浪頭凝固了，像是一片睡著的海。

沙漠平平展展的，一直鋪到天邊，在天和地接頭的地方，起伏地聳立著鋸齒形的沙丘。沙漠上狂風襲來，沙粒飛揚，天昏地暗，這就是沙的世界，簡直無你立足之地。兩萬多騎兵行走在其中，頓時顯得那麼的渺小。

「還有多遠？」

高飛騎在駿馬上，用一塊布蒙著臉，只露出一雙深邃的眼睛來，望著這無垠的沙漠，不禁問道。

「啟稟皇上，再走四五里就能穿過這片沙漠，距離靈武谷還有近一百里，今夜只能露宿野外了。」走在高飛身邊的蓋勳答道。

「嗯，給太史慈下命令，讓他儘快在前面紮好大營。」高飛點點頭，下令道。

太史慈頭戴鋼盔，身披大紅色的披風，內穿鋼甲，手持風火勾天戟，胯下是一匹極為彪壯的駿馬，正領著三千騎兵在前面奔馳，見後面趕來一名傳令的斥候，便勒住馬匹，停止了前進。

「皇上口諭，讓大將軍就地紮營。」

「知道了，你可以回去向皇上覆命了。」太史慈點點頭，對斥候說道。

斥候走後，太史慈命部下開始紮營結寨。

所謂的紮營，和以往有些不同，太史慈是前鋒的大將軍，一般先鋒都是負責開道的，此時讓他紮營，也只能紮下臨時的營地，搭起一些像樣的帳篷，等到後面大軍趕來再行完善。

眾人正在忙碌時，從暮色中駛來一匹快馬，遠遠眺望，是一名斥候。

這名斥候看見一個騎將帶著幾名騎兵在巡視，急忙停住，先向那名騎將行了個禮，接著問道：「你們是誰的部下？」

「你沒長眼睛嗎？看不見那旗面上寫的是什麼字嗎？」

那騎將是太史慈的副將**侯成**，看了一眼那名斥候，不耐煩的說道。

斥候一臉的尷尬，說道：「我……我識字……」

侯成瞥了斥候一眼，反問道：「你從哪裡來？又是誰的部下？有什麼事情，跟我說也是一樣。我們大將軍正在忙著，沒功夫理會你。」

斥候道：「我是征西將軍、翼侯派來，前來報信的，盤踞在賀蘭山下靈武谷內的先零羌已經被征西將軍平定了，征西將軍派我回臨戎城上表捷報。」

侯成聽後，哈哈大笑起來，問道：「原來是征西將軍的部下，這大老遠的，為啥不用飛鴿傳書？還派斥候來，真是老土！」

斥候解釋道：「從此地到臨戎城需要飛過大漠，大漠的上空有許多猛禽，怕信鴿傳遞不過去，那就耽誤時間了，所以才派我來。不和你說了，我還要去臨戎城將捷報報給皇上呢。」

說著，斥候便要走。

「等等！陛下已經不在臨戎城了，很快就會抵達這裡，你在這裡稍等一會兒即可。」侯成阻攔道。

「可是……」

「可是什麼？把你的捷報給我，我代為通傳就行了，你奔波那麼遠，已經很累了，應該好好休息！」侯成伸出手，攤在斥候的面前。

斥候正在猶豫，忽然聽到一聲大喝：「侯成！你在那裡磨嘰什麼？」

侯成回頭望去，見是宋憲，便笑著說道：「沒什麼，你那邊巡視完了？」

「完了！」宋憲帶著幾名騎兵趕了過來，瞅見那名斥候站在侯成面前，卻不是他們軍隊的，便問道：「這是哪裡來的斥候？迷路了嗎？」

「不是，是我抓的奸細，說是征西將軍的部下，我怎麼看他都像是一個奸細，正在審問呢！」侯成回道。

那名斥候聽了，看到宋憲等人的目光中露出寒意，趕忙解釋道：「我不是奸細，我真的是征西將軍的部下，我是來上表捷報的，請你們相信我……」

侯成疑心道：「我不信！馬超區區幾千人，怎麼可能會將三十多萬的羌人打敗？你一定是羌人派來的奸細，你們將馬超給關起來了，然後說馬超打了勝仗，好引誘皇上，然後予以伏擊，對不對？」

「不對不對，不是這樣的，的確是我們將軍派我來的，我有捷報為證……」

說著，斥候便將捷報拿了出來，遞到侯成的面前，道：「征西將軍還說從臨戎城到靈武谷路途遙遠，中間還要穿過一小片沙漠，不宜行軍，讓皇上在臨戎城等待，等征西將軍安撫了羌人後，就會回臨戎城……」

侯成一把抓過斥候遞來的捷報，匆匆看了一眼，見上面確實加蓋了征西將軍的印綬，當即皺起了眉頭，正愁這事情該如何處置的時候，又見馬超在上面委婉地寫著不讓大軍去靈武谷的消息，當即想入非非，隨即說道：「糟了，馬超要反！」

宋憲聽後，也是一驚，急忙對侯成道：「這玩笑可開不得！」

「把他給我綁了，我去見大將軍！」侯成指著那名斥候，對部下說道。

那名斥候還沒反應過來，當即被侯成的部下給撲下了馬，幾個人手腳麻利，迅速將那名斥候給制服了，用套索將其五花大綁，就連嘴裡也塞上了東西。

侯成急忙對宋憲道：「跟我去見大將軍，此事事關重大。」

宋憲知道侯成為人精明，沒有多問，便隨著侯成一起見太史慈。

兩人自從在並州投降了之後，便一直在太史慈的部下擔任部將，加上兩個人很會察言觀色，所以太史慈對他們兩個喜愛有加，提拔為自己的副將。

太史慈這會兒正在巡視剛剛弄好的營地，忽然見到侯成、宋憲兩人趕來，問道：「都巡視完了？可曾發現什麼異常嗎？」

侯成當即將從斥候手中奪下的捷報給獻上，並且說道：「大將軍，這是我從一名奸細手中繳獲的，上面是寫給陛下的捷報，屬下覺得捷報中有些端倪……」

「什麼端倪？」太史慈接過捷報，問道。

「大將軍請看最後一段話，如果真是馬超的意思，恐怕有謀反的跡象！」侯成提醒道。

太史慈仔細看了看，確實覺得有些可疑，按理說，馬超以數千騎兵打敗了先零羌的三十萬眾，打了這麼個大勝仗，應該在捷報上大肆炫耀一番。可是馬超卻沒有這樣做，反而一反常態，阻止高飛率領大軍進前去，加上馬超剛剛歸順高飛沒多久，確實不得不讓人懷疑馬超有謀反的嫌疑。

他將捷報合上，問道：「此去靈武谷還有多遠？」

「不足百里。」宋憲回道。

「很好！侯成、宋憲，你們迅速召集全軍，跟我一起上路，輕裝上陣，全軍奔赴靈武谷，另外派人將那名斥候還有這份捷報送到後方，面見皇上，表明事情原委，我帶你們去平叛！」

太史慈內心熱血翻滾，眼睛裡更是容不得半粒沙子。想當初，他得知馬超歸順高飛後，就一直堅決主張將馬超殺掉，以絕後患，所以一聽到馬超的名字，就很反感。加上最近在平定先零羌的問題上，太史慈曾經多次上表樞密院，要求帶兵前去平定，都遭到拒絕，這個重擔卻落在了馬超的身上，著實讓他一陣懊惱。

雖然這件事只有少數人知道，但是對太史慈來說，這件事是留在心裡的痛。太史慈集結了兩千五百名騎兵，留下五百名負責建造營地，只攜帶武器、盔甲等戰鬥所需之物，騎上戰馬，便浩浩蕩蕩的朝著靈武谷而去。

當高飛的軍隊剛出大漠時，便遇到了太史慈派來押解奸細的人，當下問明來由，又看完捷報，得知太史慈帶著大軍朝著靈武谷而去，當即一陣大怒，罵道：

「太史慈他想幹什麼？居然敢違抗朕的命令？傳令下去，全軍加速前進，目標靈武谷！」

命令傳達下去之後，高飛騎著快馬，帶著祝公道、祝公平以及五百名親隨，快速向前奔馳，將兩萬多大軍交給賈詡統領，他要趕在趕在太史慈和馬超釀成大禍之前制止他們。

第六章

墊脚石

馬超心中暗道：「還好我有先見之明，狼騎兵不可能跟我一心，看來，我必須在靈武谷內組建一支自己的親軍才行，只有這樣，我才能華夏國站穩腳跟。虎翼大將軍……你將成為我馬超在華夏國立足的第一塊墊腳石！」

太史慈帶著侯成、宋憲一路狂奔，兩個半時辰後，便抵達了靈武谷，此時天色微明，眾人經過長途奔波，均是一陣疲憊。

抵達靈武谷後，太史慈二話不說，當即衝到靈武谷內。

守衛靈武谷的士兵見自家軍馬來了，自然不會阻攔，何況領頭的又是五虎上將之一的虎翼大將軍太史慈，連問都不問，直接放其進入谷內。

「馬超身在何處？」太史慈劈頭問道。

「中間最大的一個山洞內。」士兵回道。

太史慈當即縱馬來到山洞門口，勒住馬匹，大聲叫道：「馬超小兒，你給我出來！」

馬超正在山洞內休息，突然聽到外面一聲大喊，山洞內產生的回音在他耳邊不斷地迴盪，像是一群趕不走的蒼蠅，將他給吵醒了。

「誰那麼大的膽子，敢在外面大喊大叫，還直呼我的姓名？」

馬超從床上翻了起來，一臉的不耐煩。

王雙從外面匆匆趕來，一臉的慌張。馬超見狀，喝問道：「慌什麼？外面怎麼回事？誰那麼大的膽子？關他三天禁閉！」

王雙一臉難色地道：「是虎翼大將軍太史慈到了，正在外面叫囂，不知道為了何事。」

「太史慈？他來做什麼？」馬超狐疑道。

馬超穿好衣服，一身勁裝地從山洞內走了出去，見太史慈一臉殺氣，眼睛裡冒出森森的殺機，冷笑一聲，拱手道：「原來是虎翼大將軍到了，馬某有失遠迎，還望大將軍見諒。不知道大將軍來此有何貴幹？」

太史慈將手中的烽火勾天戟向前一挺，大戟頭部的利刃直接落在馬超的眼前，喝問道：「你可知罪？」

馬超見寒光閃過，眉頭皺了一下，卻面色不改，當即攔住身後的王雙，反問道：「**大將軍，我有何罪？**」

「你……」

太史慈還真找不出馬超有什麼罪行，只是因為那封捷報中的一段文字，他便臆斷馬超想謀反，可是當他不費吹灰之力便進入了靈武谷，馬超也是不卑不亢，絲毫看不出有何異狀時，反而讓他陷入了被動。

「大將軍！藥可以亂吃，話可不能亂說！馬某剛剛以少勝多，以六千五百騎兵平定了先零羌，將靈武谷一帶納入了華夏國的版圖，我應是有功才對，請問何罪之有？」馬超反問道。

「呔！」副將侯成見太史慈詞窮，大叫一聲，縱馬而出，指著馬超道：「你這是什麼態度？對大將軍怎麼能夠如此無禮？別忘了，這裡是華夏國，不是已經滅亡的秦國！你一個亡國太子能夠受到陛下如此垂愛，還不知足，竟然敢頂撞大將軍？你……」

不等侯成把話說完，馬超背後的王雙突然竄了出來，一個「猛虎跳澗」，朝侯成撲了過去。

侯成大吃一驚，還沒反應過來，整個人便被王雙從馬背上撲了下來，兩個人抱在一起，在地上翻滾一陣後，王雙用蠻力壓制住侯成，騎在侯成的身上，舉起如同缽盂大小的拳頭，便朝侯成的臉上一陣猛砸。

侯成登時滿嘴鮮血，門牙被活生生地打掉一顆，痛得他哇哇大叫！

「兀那賊子，放開侯成！」

宋憲見狀，挺槍縱馬，朝王雙便刺了過去，一邊叫道：「快放開他，不然別怪我不客氣了！」

王雙只顧著舉拳猛打，連打了侯成三拳，將侯成的鼻梁也給打斷了，疼得侯成哀叫不已。

眼看侯成被王雙打成那副鳥樣，宋憲心中一橫，拔出長槍，對準王雙後心，狠狠地刺了下去。

就在這當口，王雙突然身子一轉，宋憲手中的長槍從他身側穿了過去，刺透了他的衣服，露出結實的肌肉。與此同時，他雙手纏住宋憲的長槍，用力一拽，將宋憲從馬背上掀翻了下來。

宋憲重重地摔在地上，胳膊也摔得脫臼了，疼得齜牙咧嘴。

太史慈見侯成、宋憲被王雙輕而易舉的撂倒在地，不禁罵道：「廢物！」

馬超的雙眼始終在盯著太史慈，見王雙將那個卑劣的小人給打倒在地，連問都不問，冷笑一聲道：「對不住了，大將軍養的狗胡亂咬人，我只能讓自己的部下前來打狗，不然那狗在那裡胡亂狂吠，擾得人不得安寧！」

太史慈怒視著馬超，當即將大戟架在馬超的脖頸上，吼道：「你蓄意謀反，我是來抓你的，現在你還有什麼話可說？」

「我無話可說！」馬超一點沒有懼怕的意思。

「很好！現在，就請跟我回去見皇上吧！」

「哈哈哈……」馬超突然大笑了起來。

「你笑什麼？」太史慈見馬超發出笑聲，問道。

「你還真把我當反賊了？你憑什麼說我是反賊？」馬超反駁道：「我乃堂堂

的征西將軍，是皇上親自封的，雖然品級比你低了一級，但是也絕對不允許你這樣侮辱我！你今天不說出個道理來，就別想走出靈武谷！」

聲音一落，一群狼騎兵分別從山谷的兩頭衝了進來，將太史慈所帶來的士兵全部給堵住了。太史慈見狀，這才明白，為什麼他會那麼容易進靈武谷，**敢情是馬超早有準備，給自己下了一個套。**

正在眾人虎視眈眈的時候，馬超突然身子一晃，向後倒躍，直接脫離太史慈大戟的攻擊範圍。

太史慈失去了對馬超的控制，心中一驚，急忙喝道：「馬超反賊！皇上待你不薄，你為何要反叛陛下？」

馬超理都不理，轉身對身後的人說道：「拿我的槍來！」接著看了太史慈一眼，問道：「既然你一句一個反賊，拿我當反賊對待，那就別怪我不客氣了！今日之事，皆是因你我而起，與眾人無關，你我單打獨鬥，立下生死狀，你侮辱了我，不殺你，天理不容！」

太史慈聽自己在馬超的口中，彷彿成了一個必死之人，當即笑道：「小娃娃，別在那裡口出狂言，老子殺人的時候，你還在穿開襠褲呢！」

他這句話倒是不假，太史慈比馬超大了整整十歲，太史慈早年跟隨名師學武，手下錯殺了一個惡霸，那年他剛好十五歲，馬超才五歲，正是穿開襠褲的年紀。

馬超聽後，不相讓地道：「倚老賣老！少說廢話，咱們手底下見真章。你若是將我殺死了，你帶著我的人頭回去，可以說是我謀反被你誅殺了。不過，那是絕對不可能的事。等我殺了你，也說你蓄意謀反，你這五虎大將的位置坐得也夠久了，早該換換人了。」

「口出狂言，有本事就使出來，馬戰、步戰，各種兵器都可以比試！我太史慈奉陪到底！反賊！」

馬超聽太史慈一直叫他反賊，心中很不爽，這會兒手下人剛好將馬超的地火玄盧槍給拿了過來，馬超一接過地火玄盧槍，便讓人牽來馬匹，跳上馬背後，環視了一圈山谷，叫道：「這裡地方太小，施展不開，我們到外面決戰！」

太史慈爽快地答應下來，見馬超策馬而去，他便緊緊地跟了過去，從人群中衝了出去。

這時，王雙和眾多圍觀的士兵都跟了出去，準備去見證這場大戰。

侯成被王雙打得半死，臉都變形了，宋憲的胳膊也被摔得脫臼，最慘的就是他們兩個人了。

宋憲攙扶著侯成，見眾人離去，侯成便對宋憲說道：「兄長，速速出谷，去叫援軍，不然我們這點人，根本不夠人家砍的，萬一大將軍有什麼危險，我們擔待不起！」

宋憲道：「我走了，你怎麼辦？」

「死不了！你我二人一直以小人自居，跟隨呂布時，從未真正的為其出過力氣，可自從跟隨大將軍以來，大將軍對你我二人不薄，又提拔我們做他的副將，這份恩德，無以為報。今日馬超若是真的反了，大將軍就是他要殺的第一個人，馬超英勇，部下眾多，我擔心大將軍不是對手……你快去啊，別管我，我就是馬超謀反的證據！」

宋憲聽後，一狠心，便拋下侯成不管，翻身上馬，策馬便馳出了山谷。

靈武谷的外面。

馬超、太史慈分別站在兩邊，狼騎兵一直不明就裡，只知道有人在山谷中鬧事，以為是羌人，所以前來救護，誰知道抵達後，見到是太史慈的兵馬，便沒有動彈。

此時，狼騎兵站在一旁觀望，太史慈的部下則認為狼騎兵是跟隨馬超一起作亂，便站在狼騎兵的對面，只有王雙一個人騎著馬跑到馬超的身後，背部受到的傷已經被包紮了，暫時止住了血。

馬超環視四周，心中暗道：「還好我有先見之明，狼騎兵不可能跟我一心，如果我真的有所異動，只怕狼騎兵會將我反噬。看來，我必須在靈武谷內組建一支自己的親軍才行，只有這樣，我才能華夏國站穩腳跟。虎翼大將軍……**你將成為我馬超在華夏國立足的第一塊墊腳石！**」

太史慈抖擻了一下精神，向馬超喝問道：「你打不打？站在那裡磨蹭什麼？乾脆點！」

「生死狀未立，怎麼能開打？萬一錯手殺了你，我還當真會被誤以為是反賊了呢！先各自寫下生死狀，然後開打！」

說著，便伸出手指沾了一下王雙身上的鮮血，撕下衣服的一角，開始寫生死狀。

太史慈見狀，當即也撕下衣服的一角，將手指伸到嘴裡，準備咬破手指寫血書。

「大將軍！」侯成跌跌撞撞地從人群中擠出來，說道：「用屬下的血！」

太史慈心裡頓時感到一陣暖意，就著侯成的鮮血，寫下了生死狀，簽上姓名，按下手印，遞給侯成，讓侯成送到對面去，心中感慨道：「侯成對我真是忠心耿耿啊……」

那邊馬超也寫好了生死狀，同樣綴上姓名，按下手印，然後交給王雙，讓王雙將生死狀拿到對面。

王雙拿著生死狀朝太史慈走了過去，看到侯成一臉怒意的朝自己走來，他的眼神裡也是一股不屑。

侯成本來走路跌跌撞撞的，自從見到王雙後，有道是仇人見面分外眼紅，侯成咬著後槽牙，嘴裡發出咯咯的磨牙聲，恨不得這會兒將王雙一口咬死。

兩人走到正中間，互相交換了生死狀後，王雙轉身便走。

「前面的大個子！」

王雙的身材高大，高出侯成整整一個頭，聽到侯成在後面叫喊，轉臉問道：「幹什麼？」

這一轉臉不要緊，迎面便見一個拳頭揮了過來，他沒有防備，正好打中鼻子，鼻子承受不住壓力，登時鮮血直流。

侯成打完，急忙跳開，向太史慈那邊快速地跑走了。

王雙雖然氣憤，可是也不追，抹了一下鼻血，扭頭回到馬超的身邊。

馬超關切地問道：「你沒事吧？」

王雙搖搖頭，道：「刀槍劍戟、千軍萬馬中都不曾把末將殺死，區區一拳而已，還能把末將打死了？沒事！我只是沒有防備，被他給偷襲了，這個該死的小人，早知道剛才就把他給殺了！」

馬超道：「你剛才做得對，如果把他殺了，我們就真的麻煩了。再怎麼說，那傢伙掛著正三品的軍職，你不過才從七品，毆打上官，可是大罪。」

「末將不怕，誰敢侮辱將軍，就是侮辱末將，末將早晚都要殺掉他。」

馬超聽了頗感欣慰，心想，他昔日親自培養的四位大將，錢虎戰死，張繡、索緒投降了曹操，現在只剩下王雙一個人跟著他。

想起最開始認識王雙的時候，這傢伙竟然敢和自己爭搶獵物，還公然頂撞自己，以至於被他棄之不用，直到後來才讓他跟在自己身邊。沒想到他對自己卻是最忠心的。

他接過太史慈所寫的生死狀，看完之後，和自己寫的差不多，便按上手印，交給王雙，說道：「好好保管，現在就算殺了他，也不會有麻煩了！」

「諾！」

侯成快速地跑到太史慈的身邊，將馬超寫的生死狀交給太史慈，笑道：「大將軍，剛才我給大將軍長臉了，打了那個挨千刀的傢伙一拳！」

太史慈點點頭，看完生死狀後，加蓋上自己的手印，將生死狀給侯成，說道：「你到一邊看著，一會兒刀槍無眼，我怕傷及無辜，現在殺了馬超，正好提他的人頭去見皇上。」

「大將軍，馬超英勇無敵，堪比當年呂布，需要小心才是。」侯成提醒道。

「放心，我自有分寸，不會輕敵的！」

太史慈久經戰陣，不管對手是誰，起手便是殺招，只求速戰速決。

王雙、侯成紛紛退向兩邊，馬超、太史慈一起縱馬向前，相互對望，兩人的生死之戰當即拉開了序幕！

「錚！錚！錚……」

兵器的碰撞聲不斷響起，兩個人一經照面，立刻展開了渾身解數，一出手便是殺招，力求用最短的時間將對方擊倒。

風火鉤天戟、地火玄盧槍，兩般兵器碰擦出許多火花，戟風迴旋，槍影重重，殺氣縱橫。

兩個人對戰才三個回合，便見一騎快速奔馳下來，大聲叫道：「都給我住手！」

馬超、太史慈扭頭看了一眼，見來的人是高飛，心中都是一驚。

「皇上！馬超蓄意謀反，臣在捉拿反賊！」說著，太史慈手上的風火鉤天戟不僅沒有減弱攻勢，反而更加的威猛起來。

「你才反賊！別血口噴人！」

馬超也當仁不讓，地火玄盧槍快如閃電的一擊，朝著太史慈的面門便刺了過去。

太史慈急忙躲閃，大戟迴旋，大戟頭部的利刃反勾馬超臂膀。馬超回槍遮擋，虛刺一槍，避開了太史慈，兩人調轉馬頭後，再度廝打在一起。

高飛見馬超和太史慈打得難解難分，也不聽他的勸，當即舉起自己許久沒有用過的遊龍槍，朝兩人衝了過去。

這時，祝公道、祝公平帶著五百多騎奔馳而來，見到高飛衝向馬超和太史慈，也快速地趕了過去。

高飛自從和祝公道重逢之後，以前想不通的招式，經過祝公道的一番指點後，將劍法融合成了槍法，終於練成遊龍槍法的最後三招，融會貫通之後，比以前顯得更加剛猛了。

太史慈和馬超都在興頭上，鬥志昂揚，雖然只有幾個回合，卻打得酣暢淋漓，將所有的一切都拋到了腦後。

高飛突然殺來，大叫一聲，遊龍槍中最厲害的一招「**龍震九天**」陡然使出，但見他手中的那桿長槍活靈活現，抖動得異常的快，直接脫手而出，在初升朝陽的照射下，披上了一層金色的外衣，宛如一條騰空的巨龍，龍嘯九天，震驚百里。

風火鉤天戟、地火玄盧槍正在纏鬥，突然間遊龍槍從側面殺來，威猛異常的巨大作用力之下，直接挑開這兩種兵器，三種兵器全部飛向了另外一邊，墜落在地。

與此同時，高飛騎著馬突然衝撞過來，整個人也突然斜躺在馬背上，以馬鞍作為腰部的支撐點，雙手用力前伸，推開馬超座下戰馬的馬頭，雙腳踹向太史慈座下戰馬的馬頭，緊接著單手在馬鞍上一拍，整個人脫離馬鞍，在空中騰空而起，身子開始不斷旋轉，雙手拍著戰馬的馬頭，雙手則連續踢踹。

馬超、太史慈的座下戰馬盡皆受驚，分別馱著兩個人向不同的方向奔馳而出，直接將兩個人給分開了。

「轟！」

高飛重重地摔在地上，地上揚起一陣塵土，他急忙撐地而起，怒視著馬超和太史慈，見祝公道、祝公平帶著五百名近衛親軍趕來，當即下令道：「將兩個人都給我綁了！」

祝公道、祝公平一聽到高飛的命令，便立刻從馬背上縱身躍起，分別落在馬超、太史慈的馬背上，長劍出手，架在馬超、太史慈的脖頸上，讓奔馳而來的近衛軍給綁了起來。

高飛拍打了一下身上的塵土，重新上馬，環視一圈，朗聲道：「都在這裡看什麼？都給我進谷！」

眾人不敢違抗皇命，當即紛紛讓開路，朝靈武谷內趕了過去。

抵達靈武谷內，進入當中最大的山洞，高飛怒不可遏地坐在那裡，祝公道、祝公平侍立身側，近衛親軍將馬超、太史慈給押解了上來。

高飛看到馬超、太史慈兩個都是一臉的不服，便喝問道：「你們兩個可知罪嗎？」

「臣平定了先零羌，將這裡納入了華夏國的版圖，何罪之有？」馬超不卑不亢地說道。

「臣前來平叛，也沒有罪！」太史慈也辯解道。

「混帳！把他們兩個人都關起來，關他們七天禁閉！讓他們好好的思過！」

聲音一落，近衛親軍便直接將馬超、太史慈全部押走。

「氣死我了！讓宋憲、侯成、王雙都進來，另外去將先零羌的羌王也找來！」高飛怒氣未消，對這兩員虎將差點釀成大錯感到惱怒不已。

不多時，王雙、宋憲、侯成、烏爾德都到齊了，見到高飛時，一起下跪叩拜道：「吾皇萬歲萬歲萬萬歲！」

「你們都抬起頭來！讓我瞅瞅！」

王雙、宋憲、侯成、烏爾德將頭抬了起來，除了王雙以外，其餘的都目光閃爍，不敢看高飛。

「王雙、宋憲、侯成，你們三個人推波助瀾，同樣有罪，萬一朕的兩員大將因此受到傷害，你們罪不可恕！」

侯成道：「皇上，是馬超他有謀反的意思，大將軍才前來平叛的……」

「謀反？如果馬超真的謀反，你們現在還會活著嗎？用用腦子好不好？這件事全部因你而起，你蠱惑太史慈，妖言惑眾，差點釀成大禍，論罪當誅！」

「啊！皇上，我是一時糊塗，我也是為了皇上著想，馬超在捷報中寫著不讓皇上帶軍隊過來，加上他又是亡國的太子，新近歸附，末將才猜測……」

「猜測？妄加猜測，在還沒有定論之前，就公然蠱惑軍心，一樣是死罪！」

「皇上饒命啊，末將……」

「念你以往沒有任何罪行，還算中肯，加上也是出於對我軍的維護，死罪可免，活罪難逃，官將三級，仍在虎翼大將軍軍中效力，以示懲戒！」

「多謝皇上不殺之恩！」侯成保住了性命，長出了一口氣，急忙拜謝道。

高飛扭頭看了王雙一眼，問道：「你可知罪？」

「末將以下犯上，毆打上官，末將知罪，請陛下責罰！」王雙當即俯首認錯，態度十分的誠懇。

高飛見狀，也不為難他，當即說道：「既然如此，削去你現有軍職，繼續留在軍中聽用，以求日後戴罪立功！」

「遵旨！」王雙拜服，乾脆俐落，並不多話。

「好了，你們三個人下去吧。」

高飛支開王雙、宋憲、侯成三人，徑直走到烏爾德的面前，仔細打量了一番，便問道：「你……」

「啟稟陛下，我知罪！」烏爾德不等高飛說完，便急忙俯首認罪，堪稱一個奇人。

「朕還沒有說話呢！」高飛冷笑道。

烏爾德道：「我有眼不識泰山，受到奸人蠱惑，公然冒犯神威無敵、天下無雙、雄才大略的大皇帝陛下，是我的不好，我發誓從今以後誓死效忠大皇帝陛下，絕不再和大皇帝陛下為敵……」

「夠了夠了，你且起來吧。」高飛見烏爾德顛覆了他心目中羌人的英勇形象，當即搖搖頭，眼中有點不屑。

「多謝大皇帝陛下！」烏爾德見高飛沒有責罰他，站了起來。

「朕問你，是何人來說服你攻打我華夏國的？」

「一個叫劉曄的漢人，是曹操派來的，我誤信了讒言，說是只要我攻下並州，他就會幫助我稱霸草原。」

「呵呵，就憑你們這些人也想稱霸草原？鮮卑人強大不？還不是讓我打得像狗一樣的逃竄，即使留下來的，也都在朕的礦場裡當礦工，現在躲在漠北不敢出來了，早晚有一天朕要親自率領大軍將他們一網打盡！」

「大皇帝陛下威武，大皇帝陛下神勇，大皇帝陛下萬歲、萬萬歲……」烏爾德想破了腦袋，才想出這番稱讚之詞。

「行了，先零羌有你當羌王，實在是先零羌的福氣……」高飛說著反話。

「不不不，還是托陛下的福氣。」烏爾德卑躬屈膝地說道。

高飛回到了座位上，問道：「你們現在還有多少族人？」

「大約二十六萬人，這幾日來，戰死了不少。」

「二十六萬？」高飛在腦海中想著，嘴上自言自語地道：「也差不多是一個小縣的人口了……」

片刻之後，高飛轉身對烏爾德說道：「朕準備給你和你的部族安排在一個新的地方，你覺得北地郡的郡城如何？」

烏爾德眼中放光，急忙點頭說道：「好，很好。」

高飛笑道：「朕也覺得很好，既然你也覺得好，那你可否願意帶著你的部族全部遷徙到北地郡的郡城居住？」

「有這好事，為什麼不願意？」烏爾德一臉高興地道。

「嗯，那就行。朕要攻取整個北地郡，在這裡設立靈州，偌大的地方得需要有人住，朕想來想去，還是便宜你們好了，反正肥水不流外人田，對不？」

「對對對……皇上，我們是一條船上的，有我們先零羌在這裡，不僅可以保住一方太平，還能抵禦外敵，曹操那傢伙，害我死了那麼多人，這筆賬遲早都是要討回來的。」

「不，朕只提供你住的地方，如果你想出兵打仗，就得聽從朕的調遣。當然，朕也會在此地徵兵，你要是不介意的話，可以帶著你的族人全部加入我華夏國的軍隊，每個月都會有兵餉拿，至少餓不了你們，你覺得如何？」

「陛下說什麼就是什麼，我願意在這裡替陛下戍邊。」

「那就沒什麼事了，你先去和你部族的族人商量商量，具體的搬遷時間，朕會讓人通知你的。」

「不用商量！我的話就是命令，用不著商量，他們都會聽我的。」

「哦，那你去準備一下，估計就在這一兩天行動。」

「諾！」

送走烏爾德後，高飛帶著祝公道、祝公平兩個人一起去了關押馬超的地方，讓人打開房門，見馬超正在那裡坐著，臉上憤憤不平的表情。

馬超見高飛來了，裝作沒看見，一直看著天花板。

「那上面有什麼東西，讓你看得如此入神？」高飛走到馬超面前，問道。

「正是因為沒有什麼，臣才在猜想，那上面應該有些什麼。」馬超回道。

「看來你的心中對我還有怨氣，覺得我有功不賞，有過不罰，對嗎？」

「臣不敢。」馬超低下頭，看著地面道。

「可是，你已經這樣做了，你臉上的表情是騙不了我的。我知道，對於一個以前高高在上的太子來說，你現在在我這裡所受到的委屈都藏在了心裡。其實，你很恨我，對不對？」高飛凝視著馬超道。

馬超心中一怔，抬起眼皮盯著高飛，**他覺得自己在高飛面前彷彿是個透明人，可以讓高飛看見自己內心的一切。**

「恨吧。儘管把你的恨全部宣洩出來，我確實值得你恨。」

「我不恨你！我恨我自己！」

「呵呵，也對，如果你能夠聰明一點，或許就不會走到今天這個地步，甘願受盡別人的白眼，卻仍然忍氣吞聲的在我手下做事。孟起，你有沒有想過，如果你換一種活法，可能人生會更加的精彩？」

「此話怎講？」馬超聽高飛說的有點玄乎，產生了好奇心。

「兩個月前，你還是秦國的太子，距離秦國皇帝的位置只有一步之遙，在長安還享受著榮華富貴，手中摟著你的嬌妻，隨時呼喝著千軍萬馬，那日子，是多麼的逍遙自在，看不慣誰，就可以隨意殺了，可是，現在你卻寄人籬下，被冷落在薊城許久，不被信賴，出入都有人監視，生活極其不自由。這兩種截然不同的生活，一個天上，一個地下，雖然人生的際遇不同，但你仍然是你，被羌人譽為神威天將軍的馬孟起。」

馬超見高飛繞了那麼一大圈，困惑地道：「我聽不懂你在說什麼？」

「呵呵，你懂，比誰都懂，只是，你不願意去回想，在你的記憶中，國仇家恨是第一位，**你向我投降，無非是想借助我的力量去報仇**，可是我卻沒讓你得償所願，所以你後悔了。這次你在捷報上寫得清清楚楚，別人看不出其中的端倪，我還看不出來嗎？你不想我過來，是因為想借助先零羌的族人培植自己的勢力，想要借此機會，讓整個華夏國的人都看看，他們嘲笑的人，在西北戰場上卻永遠離不開你。」

高飛頓了頓，見馬超眉頭緊皺，雙眼迷離，繼續說道：「馬孟起，**換種活法吧。忘掉你的過去**，在華夏國，你可以有一個新的開始。皇帝你這輩子是做不成了，不過開國功勳你還是可以勝任的，**有時候，一代名將或許遠遠超過一個帝王。**」

馬超冷笑一聲，道：「真的能忘得掉嗎？國仇家恨，這是我馬超永遠背負的責任，此仇不報，我誓不為人。既然你不給我兵馬，我就自己培養兵馬，我平定先零羌，就是要借助先零羌的力量殺到長安，親手將曹操老賊給斬殺了，這才是我馬超要走的路。」

「心急吃不了熱豆腐，一口也吃不成一個胖子，曹操是個勁敵，智謀過人，之所以被我逐出中原，其中有一些客觀的原因。如果兩軍真正較量的話，曹操可謂是我最強勁的對手，勝負我也不一定有把握，所以，**對付曹操，要慢慢的來**。關中已經十室九空了，曹操要恢復關中，需要一段很長的時間，加上他兵力不足，四處借兵，就知道他已經無兵可用，所以我才堅持打這一仗，**以攻略北地為進軍西北的第一步**。」

「進軍西北的第一步？那第二步是什麼？」馬超來了興趣，追問道。

「**以北地郡作為跳板，圖謀整個涼州。這是第二步**。」

「第三步呢？」

「**從涼州、弘農同時出兵，夾擊關中**。如果幸運的話，應該能夠抓住曹操，如果不夠幸運，至少也能使曹操退到漢中一帶，讓其固守一隅，這樣，滅曹就會更加的容易了。對西北用兵，將成為華夏國未來幾年的重中之重，而對西北用兵，我缺少一名能夠威懾整個西北的大將。此次對先零羌用兵，不過是小試牛刀，真正的大戰還在後面，在未來的幾年中，西北將變成我的第二戰場，不把西北收到手中，絲綢之路就不會暢通，商業貿易那可是帶有巨大的利益。」

聽到這裡，馬超大致瞭解了高飛的用意，五虎上將一個沒選，偏偏讓他去征討先零羌，這用意十分的明顯，就是要給他一個立功的機會。而且他也看出來，高飛是想讓他一直待在西北，對魏國用兵，作為平定整個西北的一把利劍。

馬超重重地嘆了口氣，緩緩說道：「陛下，臣……臣願意做陛下手中的一把利刃，替陛下斬開西北這片荊棘！」

高飛聽到馬超的回答後，心中頗為高興，說道：「我得孟起，何愁西北不定！」

隨後，高飛和馬超進行了一番徹底的詳談，對如何對西北用兵，以及自己在未來幾年的計畫全部告訴了馬超。

馬超一心想報國仇家恨，高飛的話無疑給了他極大的動力，對西北用兵，與曹操作戰，也會使得他成為一代名將，他對自己的前途，更是充滿了信心。

一番促膝長談後，不知不覺已經到了暮色四合了，高飛讓人善待馬超的伙食，便離開了。

離開關押馬超的地方，高飛徑直去了關押太史慈的山洞。

山洞內燈火昏暗，微弱的燈光映照著偌大的山洞，只見一個人影躲在角落裡，面對牆壁，顯得是那樣的蒼涼和孤寂。

「面壁面壁，一堵牆壁，有什麼好看的？」太史慈心中不平，面對著牆壁，嘴裡嘟囔著不停。

不一會兒，太史慈聽到一陣腳步聲，當即怒道：「我都跟你說過多少次了，我不吃，也不喝，都給我統統拿走！」

腳步聲止住了，隨即傳出一個聲音：「將軍的火氣不小啊，敢情將軍這樣面壁，不是在思過，而是在埋怨我啊！」

太史慈聽到這個聲音，心中一驚，扭臉看了過去，但見高飛獨自一人出現在山洞門口。

他自覺失語，急忙跪地拜道：「請皇上恕罪，臣剛才誤以為皇上是送飯的小卒，臣本來就不餓，可那小卒卻一直來煩我，臣這才……」

「起來吧，其實，我就是來給你送飯的。我聽宋憲說，你從昨天就沒吃東西，如今又是黑夜了，別人不知道你，我還不知道你嗎？」

說著，高飛便將背在身後的手給挪到前面，只見他左手拎著一罈酒，右手拎著半隻烤好的羊，徑直走到太史慈的面前，道：「去把手洗了，髒成這個樣子，怎麼吃飯？」

「臣……臣真的不餓！」太史慈瞟了眼烤羊，鼻子裡聞到的肉香一下子勾起了五臟廟，但是他卻嘴硬地說。

「不餓？那好，我吃著，你看著。你現在不吃，別怪我以後的幾天都不給你飯吃。人是鐵，飯是鋼，一頓不吃餓得慌。再說，這裡就只有你和我兩個人，沒有君臣，只有兄弟，按照年齡來算，你大我一個月，所以，我應該叫你一聲子義兄。」

「使不得使不得，皇上就是皇上，臣就是臣，臣萬萬不敢做出僭越之事。」

「你這個人，怎麼那麼認死理？我現在放下了皇上的架子來和你談心，你居然不領情？那好，那我就以皇上的架子來命令你，陪我在這裡喝酒吃肉！」

「這……」

「這什麼這？這是朕的聖旨，難道你敢違抗聖旨不成？」高飛怒道。

「臣不敢，臣遵旨就是了。」

高飛突然笑了起來，將肉遞給太史慈，說道：「這才對嘛，這才是我的虎翼大將軍嘛。來，我們一人一口，我先喝，你先吃點肉墊墊肚子，空腹喝酒可不好。」

「臣遵旨！」

於是，太史慈從高飛的手中接過羊肉，已經餓得前胸貼後背的他，看見美食在前，忍不住狼吞虎嚥起來。

高飛一邊喝著酒，一邊笑道：「慢點慢點，看你跟餓狼一樣，還說自己不餓？你這樣做，是在跟我賭氣嗎？」

「咯！」太史慈吃得太快，一下子噎住，當即打起了嗝。

「吃那麼急做什麼？點喝酒順順喉嚨。」高飛急忙將酒給遞過去。

太史慈抱著酒罈子，大口大口的往下灌，這才不再打嗝。

「皇上，臣不是跟皇上賭氣，臣實在搞不懂，那馬超明明有謀反的跡象，為什麼皇上還要袒護他呢？」太史慈緩過氣後，張嘴問道。

高飛笑道：「我就知道你會問我這個問題。馬超背負著家仇國恨，一心想斬殺了曹操、陳群、楊修等人報仇。對一個報仇心切的人來說，征服先零羌後，繼而籠絡加以利用先零羌，**暗中訓練一支屬於他的軍隊，然後去攻打長安，這才是他最想做的事。謀反？純屬無稽之談！**我既然敢用他，必然對他有所防範，所以我才讓郭嘉率領兩萬匈奴兵攻打北地，我則帶來三萬匈奴兵從背後尾隨，說是御駕親征，其實也是為了防止馬超叛變。如果他真的叛變，趁他立足未穩之時，必然能夠將其一舉撲殺，而馬超帶領的狼騎兵未必願意跟馬超一起謀反，故而馬超此時謀反，無疑是自斷後路。」

太史慈聽後，說道：「還是皇上有先見之明，早有安排，看來我是打草驚蛇了。」

「嗯。不過，你這樣一攪和，倒是給馬超提了個醒，在未來的幾天內，我將帶兵平定整個北地郡，到時候，我會在這裡設立靈州城，作為以後攻打涼州的軍事重鎮。你可知道我這次帶你來的目的？」

太史慈想了想，眼前一亮，隨即道：「莫非皇上想讓我在此戍邊？」

「只是不知道你同意不同意。」

「同意，當然同意，能夠直接面對曹操那個老賊，替皇上守備邊疆，這是我求之不得的事，大丈夫，就應該提三尺長劍，馳騁疆場。說實在的，在雲州的那段時間，我都待膩了，能夠在西北這片複雜的地方領兵，必然少不了打仗，我最喜歡打仗了！」太史慈開心地說道。

「既然你同意，那就這樣定了，到時候，我會留下你鎮守靈州，馬超、龐德給你當副將……」

「馬超？陛下讓馬超也一起留下？」太史慈臉上顯現出一絲不喜。

「有問題嗎？」

「能不能換個人？魏延、褚燕都行，實在不行，張郃也可以，就是別留下馬超。」

「呵呵，你和張郃不是不怎麼對盤嗎？怎麼這會兒又點名要他？」高飛笑道。

「那也比馬超強啊，至少在一起也好幾年，彼此都熟悉了，現在分開，還真覺得沒人吵嘴有點寂寞了……」

「行！張郃、魏延、褚燕我都會給你調過來。但是，馬超必須留下！」

「為什麼？皇上，那馬超腦後有反骨，他留下，西北肯定會亂成一鍋粥的！」

「別問為什麼，總之馬超必須留下。你若是不願意，我讓張郃來，你還回雲州去鎮守。」

太史慈重重地嘆了口氣，道：「我幹，我幹還不成嘛？我名義上是五虎上將，卻只讓我守衛雲州，比起趙雲、黃忠、甘寧、張遼他們來，我差得遠了。趙雲、黃忠、張遼都在中原，就那個甘寧還在天津弄了支海軍呢，人家天天出海訓練，卻把我拋在遼闊的草原上，說是鎮守，那一圈能有什麼敵人啊，來的都是商隊，手下的士兵也少得可憐。皇上，我可不想回雲州那鬼地方了……」

「什麼鬼地方！雲州可是重要的財政收入的商業據點！」

「臣知錯了，臣說錯話了！」太史慈連忙認錯，道：「只是，皇上能不能告訴我，為什麼一定要馬超留在西北？」

「馬超號稱神威天將軍，對羌人有威懾作用，有他在，羌人就不敢進犯靈州。現在國庫空虛，不是大舉用兵的時候，只有先守住靈州，等到幾年之後，國庫充足，百姓安居樂業之後，才能發動全面的戰爭。不然，兵餉都沒得發！」

「臣明白了，臣會遵守皇上的旨意的，但是，我絕對不會給馬超太多兵馬，最多不超過……」

太史慈本來伸出三根手指頭，後來似乎覺得有點多了，急忙改成一根，這才說道：「不能超過一千騎！」

「嗯，這個你就隨便安排吧，但是也別太過分了，畢竟馬超的自尊心很強，傷了他不太好。」

「臣明白。」

於是，高飛和太史慈一起喝酒吃肉，又像兄弟一樣暢談，一直到深夜才離去。

第二天，賈詡、蓋勳帶著後續部隊全部抵達靈武谷，得知馬超、太史慈都被關押在山洞內面壁思過時，兩人都沒有說什麼。

大軍在靈武谷內休整了三日，到了第四天，高飛接到郭嘉奪下整個北地郡的消息，便命令烏爾德帶領十萬羌人移居北地郡，剩餘的仍然留在靈武谷乃至賀蘭山一帶。

之後，高飛提前將馬超、太史慈給放了出來，將賀蘭山一帶所在的廉縣更名為賀蘭縣，從臨戎城調集龐德前來駐守，自己則帶著大軍和賈詡、蓋勳、馬超、太史慈等人前往北地郡的郡城。

第七章

遷都洛陽

「今日國慶，我華夏國立國滿一年，今後每隔五年，舉行一次盛大的閱兵典禮。另外，新都洛陽城已經竣工，正在裝修階段，朕決定，在未來的一個月內遷都洛陽。」

眾人聽後，沒人反對，遷都洛陽勢在必行，紛紛叩首。

大軍一路慢行，抵達北地郡的郡城時，已經是三天後了。

此時，郭嘉、喀麗絲帶著匈奴兵列隊歡迎，見高飛等人到來，郭嘉便迎了上去。

兩下照面，高飛見郭嘉胳膊負傷，關切地問道：「愛卿的傷……」

「不礙事，皇上多慮了，只是皮外之傷，調養一段時間便可以了。」郭嘉答道。

於是，眾人一起進入北地郡的郡城，共商大計。

北地郡的太守府內，賈詡、郭嘉、蓋勳、馬超、太史慈、喀麗絲等人齊聚一堂，一起向坐在上首位置上的高飛行禮。

禮畢，高飛說道：「我軍絲毫不費吹灰之力便奪下了北地郡，魏軍既然沒有來援軍，也就是說，魏軍已經主動放棄了北地郡。但是，如果再要向前進，估計略有困難，據斥候探明的消息，魏軍大司馬夏侯惇已經帶兵到了安定，加上我軍糧草補給困難，不宜再戰。朕決定，**將北地郡更名為靈州，設立府衙，知府一職由太史慈暫代**，待我回到薊城後，再委派知府人選。」

太史慈聽後，臉上露出一臉的驕傲。

「郭愛卿，我讓人你查的事，你查得怎麼樣了？」高飛扭臉看向郭嘉。

郭嘉答道：「啟稟皇上，已經有眉目了，據可靠消息，羌族最大的一支部族鍾存羌，已經公開支持魏軍，目前出兵擊敗了白馬羌，又準備對參狼羌、燒當羌等部族下手，大有一統整個羌族的趨勢。」

馬超聽後，不禁皺起了眉頭，疑惑道：「鍾存羌一向喜好和平，十幾年來從不參加任何爭鬥，為何會突然放棄了原則？」

郭嘉解釋：「這恐怕和羌王的死有關係。鍾存羌的羌王在幾天前不幸遭奸人所害，鍾存羌的族人按照遺留下來的證據，將矛頭直接對準了白馬羌，出兵二十萬，徹底將白馬羌擊敗，並且擄走了所有白馬羌的族人。如今，新的羌王一改鍾存羌的原則，公然宣稱支持魏國，並且正在調集兵馬，準備攻打盤踞在武都、隴西、金城三郡的參狼羌、燒當羌。白馬羌、參狼羌、燒當羌之前都曾受到重創，只怕難以抵擋鍾存羌的強大攻勢。」

「一定是曹操從中挑撥，不然的話，鍾存羌絕對不會如此行事。這一次，鍾存羌恐怕會一統整個羌族了。」馬超嘆了一口氣，緩緩地道。

「以目前的形勢來看，即使涼州即將發生巨變，我們也無力西進，不如趁著這段時間，安心構建靈州的防禦措施。羌人貪婪，曹操借助羌人的力量，等到羌人貪欲越來越強時，只怕會反噬曹操。皇上，臣以為，當務之急不在於對外，而在對內。華夏國連年用兵，士兵疲憊，如果沒有強大的國力作為支撐，只怕很難維持華夏國的軍費開支。臣建議，皇上應該班師回朝，留下一支軍隊駐守靈州，構築防禦措施。」賈詡力陳道。

高飛覺得賈詡今日有點反常，當日在朝堂上，和荀諶爭得面紅耳赤，積極主張對先零羌用兵，現在卻來了個一百八十度的大轉彎，竟然勸高飛不要再用兵了。

高飛奇道：「太尉，**為何你前後的主張自相矛盾？**」

賈詡答道：「此一時，彼一時。當時先零羌不停地進攻我華夏國的邊疆，如果不主動出兵平定先零羌，只會一直被動下去。如今征西將軍一舉平定了先零羌，皇上又將先零羌一分為二，加上涼州烽煙迭起，曹操無力奪回失地，五年內，西北斷然不會出現什麼異常。但是為了以防萬一，還是在靈州慢慢構建防禦體系為好，用修建塢堡的策略，步步為營，所有的村落、莊院都可以改造成塢堡，這樣，只要塢堡遍地，連成一片，一旦遇到即使敵人來攻打，便可以互相救援，是抵禦羌人最佳的方法。出兵已經耗費了許多軍費，雖然皇上發行了國債，但是卻不能從根本上解決問題。**充實國庫，使得百姓安居樂業，這才是國之根本。**」

「太尉說得不錯。我正有班師回朝之意，只是不知道太尉認為該留下多少兵馬為宜？」高飛問道。

賈詡道：「此次郭太尉前往匈奴，徵召了五萬匈奴兵，臣以為，可以全部留下。既然皇上有對西北用兵的打算，不多在這裡屯些兵馬，日後再行調遣的話，只怕也是浪費時日。古語云，黃河百害，唯富一套。如今我軍占領了河套地區的朔方、雲中、定襄、五原、上郡、西河這六個東套的地方，現在又攻占了西套地區的北地郡，除了湟水、渭水、洮水一帶的西套地區未能占有外，已經囊括了整個河套地區的三分之二，這裡的土地肥沃，適宜耕種，如果能遷徙民眾在此地屯田，必然能夠成為不亞於遼東、冀州、幽州一帶的產糧基地。所以，臣以為，在未來的幾年時間內，當不斷的加強西北邊陲的重視程度，施行河北、遼東、中原、西北共同發展的策略，十年後，華夏國強盛的國力，足以發動全面的統一戰爭。」

在場的人聽後，對賈詡所提出來的戰略，都感到無比的振奮，而且很佩服賈詡，什麼叫做**老謀深算**，他們算是領教了。就連郭嘉也對賈詡佩服不已，沒想到賈詡能夠想得那麼深遠。

高飛看著賈詡，主動的拍起手來，對賈詡的精彩言論表示欣賞。

他又看了看郭嘉，心中想道：「**一個鬼才，一個毒士**，都是一流的謀士，但真正的比較起來，**郭嘉卻略遜色於賈詡**。歷史上，郭嘉都是在關鍵時刻才想出對策的，其他時間倒是沒啥大建樹，但是賈詡不同，這個人從一開始就很活躍，為了自保，連續跟過好幾個主子，而且不管跟誰，都對他很是倚重，這份才能，在諸葛、司馬、龐統、周瑜等還都沒有成名的時候，確實是東漢末年第一謀士。」

他又問道：「太尉大人可有什麼合適的人選嗎？」

「虎翼大將軍太史慈可堪當此任，另外，皇上可以讓征西將軍馬超、衛將軍龐德擔任虎翼大將軍的副將，有此三人共同鎮守靈州，即使是曹操親自帶領數十萬之眾來攻打，靈州也必然會固若金湯。」賈詡斷言道。

太史慈聽後，一臉的尷尬，急忙說道：「太尉大人，你言重了吧，曹操哪裡是那麼容易對付的？再說，這裡有一個攪局的人，只要他不窩裡反，我就很知足了。」

「你含沙射影的在說誰啊？」馬超聽了，兩眼一瞪，立即抗議道。

「你管我說誰，誰心裡自己清楚，你這樣激動幹啥？」太史慈抱著雙臂反駁道。

蓋勳見太史慈和馬超兩人動不動便針鋒相對，不禁捏了一把汗，對賈詡的斷言也抱持了懷疑的態度。

龐德為人忠厚，作戰勇猛，或許還能跟馬超相處的很好，可是太史慈在華夏國就是一個刺頭。

蓋勳此時見馬超跟太史慈這種狀態，當即抱拳道：「皇上，臣以為，可將靈州一分為三，三位將軍各自統領一部分，互為犄角之勢，若有來犯之敵，也可以互相救援。」

高飛十分清楚當前的形勢，搖了搖頭，沒有做什麼解釋，只是淡淡地說道：

「蓋太尉的建議很不錯，只是這個建議，要押後幾年施行，現在還是以賈太尉的建議為基準吧。除了留下的五萬匈奴兵以及龐德的一萬狼騎兵外，再從先零羌徵召四萬精壯的勇士，統一編成一支軍隊，賜番號**鎮戎軍**。**由虎翼大將軍太史慈出任鎮戎軍的都督，征西將軍馬超、衛將軍龐德為副都督**，所有兵餉、糧草全部由朝廷供應，**五年之內，我要讓這支匈奴人、羌人混雜編制而成的鎮戎軍成為西北第一軍**！太史慈、馬超，你們兩個可有什麼意見嗎？」

「沒有！」馬超首先答道。

「我也沒有！」太史慈緊跟著回答。

「既然如此，那就這樣定了，此外，我回到薊城之後，前將軍魏延、鎮東將軍褚燕會被派過來一起加入鎮戎軍，成為鎮戎軍的副都督，這樣，鎮戎軍就算交到你們五個人手裡了。如何讓鎮戎軍成為西北第一軍，就看你們的能耐了，希望到時候別讓朕走馬換將，不然傳了出去，對你們的名聲不好。」

「皇上儘管放心，臣一定會將鎮戎軍帶成西北第一軍的。」太史慈斬釘截鐵的說道。

高飛笑道：「有這個信心就行，正所謂天下沒有不散的筵席，今天朕暫且在此地再逗留一天，明天一早，朕就和三位太尉大人一起班師回朝。」

太史慈道：「那臣這就讓人去安排酒宴，歡送皇上回朝。」

高飛點點頭，心中卻想：「讓太史慈和馬超同台，這場戲弄好了，鎮戎軍勢必會成為西北第一軍，弄不好，只怕我到時候還要來收拾爛攤子。」

他看了一眼賈詡，見賈詡對太史慈和馬超兩人並不擔心，不禁懷疑是不是他想得太多了。

散會之後，高飛獨自留下賈詡，放下皇帝的架子，像是一個多年不見的老友一樣，挽住賈詡的手，問道：「我一直在擔心太史慈和馬超兩個人……」

賈詡笑道：「皇上既然設下了這盤棋局，就應該知道**落子無悔**的道理，無論這盤棋的結果是什麼，太史慈、馬超這兩枚棋子，都將成為皇上手中最重要的兩枚。」

高飛聽後，釋懷地笑了，也不再去想了。

半個月後，高飛回到薊城，卻接到了兩個噩耗，**樞密院太尉盧植、參議院丞相蔡邕先後病逝**，就連在薊城內的兩大神醫張仲景和華佗都束手無策。

根據張仲景和華佗所說的那種症狀，高飛聯繫到現代醫學做出了判斷，蔡邕是死於腦中風，而盧植則是死於心肌梗塞。

兩大輔政重臣的先後辭世，深深地刺痛了高飛的心，讓他覺得古代醫術的匱乏，所謂的神醫，也並不是包治百病。

西元一九一年七月二十八日，高飛以國喪之禮厚葬了蔡邕、盧植，以彰顯此二人的殊榮。

這日，細雨霏霏，微風將細雨吹到人的臉上，讓人不禁覺得有一絲涼意。

舉行儀式時，高飛突然感到有些恐慌，一種對將來的預感，也許哪一天，他也會這樣從這個世界上消失。

他攙扶著哭得傷心欲絕的蔡琰，什麼話都沒說，只是一臉的凝重。

葬禮是合在一起舉行的，高飛在薊城東北五十里的地方劃出一塊地方，命名為「**功臣陵**」，方圓足有十里，並且讓士兵看守陵墓。以後，如果再有開國功臣駕鶴西去，他便將他們全部葬在這個「功臣陵」裡，以彰顯他們為華夏國所做出的貢獻。

從薊城到「功臣陵」，五十里的官道兩邊，站滿了人，對這兩位重臣的辭世，百姓們也深感痛心，盧植和蔡邕都是海內知名的大儒，他們的去世，不光是他們的學生，連百姓們都盡皆垂淚，場面十分哀戚。

葬禮過後，回到薊城時天色已經黑了，細雨濛濛，像是蒼天落下來的淚水。

盧植、蔡邕的突然辭世，讓高飛甚是為難，一個是參議院的丞相，一個是樞密院的太尉，這兩個人的職位，總要找人頂替吧？可是想來想去，高飛也沒想出有適合的人選。

最後決定，參議院、樞密院仍維持原狀，五丞相、五太尉並存的局面變成了四太尉和四丞相。

另外，值得一提的是，最初任命的丞相鍾繇和戶部尚書邴原對調了職務，**以鍾繇掌管戶部，邴原入職內閣為丞相**，而且在盧植和蔡邕去世之前就更換了。

原因很簡單，邴原不適合掌管戶部那麼龐大的體系，只有讓鍾繇來頂替。鍾繇看似降了一級，實際上卻掌握了實權，一人獨攬戶部大權，比在參議院當丞相幹得更加出色和賣力，成為華夏國中實際上的大管家。

皇宮內，蔡琰剛剛把一歲大的高麒給哄睡了，坐在銅鏡前面發著呆，臉上一陣失落和彷徨，喪父之痛占據了她的整個心思，連高飛走到自己背後都不知道。

高飛看著面容憔悴的蔡琰，輕嘆一口氣，伸出手，放在蔡琰的肩膀上，安慰道：「人死不能復生，皇后還請節哀順變。」

蔡琰扭過頭，緊緊抱住高飛，將臉貼在高飛的腹部，高飛也抱著蔡琰，沒有說話，只用自己的臂彎做出回答，此時無聲勝有聲。

不一會兒，高飛只感覺自己的衣服濕了，低頭一看，竟是被蔡琰的眼淚給浸濕的，他急忙伸出手擦去蔡琰臉上的淚水，安慰道：「皇后，丞相大人雖然走了，但是他將名垂不朽，永遠活在我們的心中……」

誰知道，高飛不說話還好，一開口說話，蔡琰哭得更厲害了。

本來高飛就不太會討女人歡心，行軍打仗、出謀劃策、制定國家政策，都難不倒他，可是自己娶了好幾個老婆，每一個女人他都沒有認真的去追求過，只是大家看對眼，有感覺就在一起了。好比貂蟬是他救下來的，甘願以身相許，所以沒費什麼勁。

有的則是為了所謂的政治，和蔡琰很明顯就是政治婚姻，高飛需要借用蔡邕的名聲來為他招攬人才，蔡邕剛好也提出要將女兒嫁給他，他只有答應了。新娶的貴妃那蘭，也就是被賈詡認作義女的賈雯，也是出於政治上的需要。

回想起自己的四個女人，在高飛心理，只有對公輸菲的感情深一點，可惜公輸菲在產下高麟的時候卻不幸去世了。

看到蔡琰哭得更加厲害了，高飛不知道該怎麼辦，只能連聲道：「你別哭啊，別哭了，我……哎！」

好在蔡琰不是那種柔弱不堪的女子，哭了一會兒後，便止住了抽噎，淚汪汪的看著高飛，道：「皇上，臣妾以後除了皇上和麒兒外，再也沒有什麼親人了……」

高飛點點頭，將蔡琰摟在懷裡，溫柔地說道：「你有我們就夠了，我以後會好好待你的。」

這一夜，高飛留宿在皇后蔡琰的寢宮，斜倚在床邊，緊緊抱著蔡琰，看著兒子高麒，一家人就這樣溫馨地度過了一夜。

第二天，高飛下了聖旨，讓前將軍魏延、鎮東將軍褚燕趕赴靈州。聖旨下達後，高飛便去城外的清風觀，探望在上次煉丹中受傷的左慈。

清風觀在薊城外西北二十里處，自從上次的爆炸事件後，薊城內的百姓對左慈這個煉丹不要命的老道士甚是畏懼，聽到要給他修建道觀，便激動地跑到衙門請命，讓其遠離薊城，以免再出現類似的事，萬一炸傷人，那就得不償失了。

於是，清風觀便在薊城外西北二十里處修建起來，道觀並不大，兩邊分別種了一排楊柳，中間一條水泥路，一直延伸到小樹林中，清風觀便可以瞅見了。

高飛穿著一身勁裝，騎著一匹駿馬，終於抵達了清風觀，但見清風觀風景宜人，周圍鳥語花香，倒是別有一種幽靜，這樣的地方似乎應該更適合修道。

道觀大門是敞開的，可以看見道觀內的一切。高飛剛到門口，便見一個小道童懷中抱著一堆東西從道觀內經過，心想左慈從不收徒，怎的來了個小道童？令他很是意外。

不過，一想起上次左慈被炸斷一條胳膊，已經成了獨臂人，在生活起居上確實有些不方便，也就不在意了。

他將馬匹拴在道觀外面的樹上，一人走了進去，見小道童鑽進一個房間，房裡冒出些許白煙，而且透過敞開的門可以看見裡面的擺設，映入眼簾的是一個極大的煉丹爐，煉丹爐下面是一堆燒得很旺盛的火，地上擺放著五顏六色、各種各樣的物品，其中還有一些極為稀少的礦石。

「黃磷五份。」左慈閉目養神，盤坐在那裡，嘴唇輕輕地蠕動著。

小道童聽了，便走到一堆淡黃色的粉末前，用一個小碗舀了五小碗，添加進煉丹爐內，不一會兒，便聽見煉丹爐內咕嚕咕嚕開始冒泡的聲音，小道童急忙走開，躲在左慈的身後。

「怕什麼？又不會爆炸！」左慈連眼都沒睜，大聲地說道。

高飛在外面隱約看見那張熟悉的臉龐，又聽到說話聲，不禁一怔，失聲道：**「司馬仲達？」**

那小道童正是司馬懿，從關中回來後，他親眼見識了那叫天雷彈的威力，所以一回來，便去找左慈，剛好左慈傷勢好得差不多了，正缺少人手來幫他煉丹，便趁這個機會，在左慈身邊當了小道童。

左慈和司馬懿聽到這個熟悉的聲音，兩人心中都是一驚，同時叫道：「皇上，這裡危險，快快出去！」

說著，左慈睜開眼睛，站起身子，和司馬懿同時衝了出來，拉著高飛便走，將高飛帶到安全地帶，這才鬆開了高飛。

「請皇上恕罪，剛才老道無禮了。」左慈賠禮道。

「無妨。」高飛低頭看了眼站在左慈身旁的司馬懿，見司馬懿的臉上黑不溜秋的，笑道：「司馬仲達，你怎麼會在這裡？」

「啟稟皇上，我是來學習製作天雷彈的！」司馬懿笑嘻嘻地答道：「上次見那天雷彈實在太厲害了，所以對天雷彈的製作方法甚為著迷，以後我沒事在懷中揣著幾顆天雷彈，誰還敢惹我?!」

「一派胡言！什麼不好學，卻去學天雷彈！你來這裡幾天了？難道不知道那東西的危險性嗎？」高飛怒道。

司馬懿臉上一寒，低下了頭。

高飛扭臉看著左慈，劈頭蓋臉的就是一頓臭罵，道：「你也一把年紀的人了，什麼不好玩，非要去玩這個，失去了一條手臂還不長記性，是不是準備把你給炸死了才滿意？煉丹煉丹，有你這樣煉丹的嗎？**你煉的哪裡是丹藥啊，明明是一顆定時炸彈！**從今天開始，停止你荒唐的煉丹，我告訴你，天下沒有長生不老的藥，若想活得久一些，多運動就行了。」

左慈被罵得一頭霧水，心想：自己煉丹關你鳥事，憑什麼這樣說我。不過，他只能在心裡想想，不敢說出來，畢竟對方是皇帝。

他正要開口解釋，剛才煉丹的房裡突然傳出「轟」的一聲巨響，爆炸所產生的巨大衝擊波，將站在這裡的三個人同時掀翻在地，緊接著便是一陣劈裡啪啦的響聲，煉丹爐和整個房間都瞬間化為廢墟，廢墟上還冒著餘火。

「無量天尊！還真他娘的爆炸了！」左慈跌了個狗吃屎，吐了下嘴裡的泥土，不禁罵道。

高飛從地上爬了起來，對左慈厲聲道：「左道長！朕命令你，從今以後，安心修你的道，再讓我看見你胡亂煉丹，朕跟你沒完！這次幸好我來得及時，不然你和司馬仲達都要死無葬身之地了！」

左慈一臉的慚愧，側臉用眼睛狠狠地剜了司馬懿一眼，埋怨道：「都是這個小鬼，非要拜我為師，說要跟我學什麼煉丹術，想製作天雷彈。我哪裡會製作什麼天雷彈啊，那天雷彈是賈太尉製作的，跟我沒一點關係，我只是負責煉丹而已。小鬼，出了這種事，你也難辭其咎，以後別再來清風觀了，我一個人潛修道術，落得個清靜！」

司馬懿回嘴道：「你這老道，怎麼反咬我一口，是誰在薊城內找徒弟的？我來幫你，你還反咬我一口？」

「你……」

左慈沒想到這小鬼在皇上面前竟然面不改色，還要說些什麼，見高飛臉上現出盛怒之色，而且聽到清風觀外面傳來一陣急促的馬蹄聲，當即止住了話語。

清風觀外，一隊騎兵奔馳而來，領頭一人，乃是中護軍夏侯蘭，身後跟著一百名親隨，一進道觀，便喝問道：「左道長，經過上次的事情後，你怎麼還在煉丹？」

說話間，夏侯蘭發現高飛也在，當即翻身下馬，快步走到高飛的面前，跪地道：「臣夏侯蘭，叩見皇上！」

「叩見皇上，萬歲萬歲萬萬歲！」夏侯蘭帶來的那一百名騎兵也翻身下馬，齊聲高呼道。

「都平身吧。」高飛怒氣未消，一把將司馬懿給拉了過來，罵道：「什麼不好學，偏偏來學煉丹術，那玩意是你能玩的嘛？跟我回去！」

司馬懿也不吭聲，只是低著頭，被高飛拉著走了。

高飛將司馬懿帶到門口，對夏侯蘭說道：「將司馬仲達送回薊城，你們也去忙吧，這裡沒啥事情了，另外通知工部尚書司馬防，讓他過來收拾殘局，他的兒子對此次爆炸也要負部分責任，通知戶部尚書鍾繇，扣除司馬防半個月的俸祿！」

司馬懿聽了，一陣慚愧，沒想到他的行為連累到自己的老爹，心想，以後打死都不來找左慈了。他將身上穿的道袍給脫掉了，隨手扔到一邊，還用腳踩了兩下，這才算解氣。

夏侯蘭身為中護軍，專門負責京畿一帶的安全，經常會帶著親隨在薊城一帶巡視，一旦發現什麼異常狀況就會親自去查看。

今天剛好在附近巡邏，突然聽到一聲巨大的爆炸聲，便立刻帶兵來查看，沒想到高飛也在這裡。得了聖旨，夏侯蘭便帶著部下和司馬懿走了，整個清風觀裡，就剩下左慈和高飛兩個人。

良久，高飛和左慈都沒說話。

最後，左慈實在受不了啦，主動說道：「皇上，我知道錯了，我以後絕對不會再煉丹了，我潛心修道，爭取有朝一日能夠修成正果。」

高飛看著化為廢墟的煉丹房，問道：「左道長，我只想問一件事，你煉丹所用的原料，都有哪些？」

「就是屋內放著的那些，雜七雜八的有很多，如果皇上需要的話，我可以給皇上列出我煉丹用的原料。」

「那用料的比例是怎麼搭配的？」

「煉不同的丹，配方也各自不同，到現在為止，經歷這兩次大爆炸，可是我始終弄不清楚到底是出在哪個原料上，以前我都沒有出現過類似的情況的。」左慈也是一陣的懊惱，「皇上，你要這些原料做什麼用？難道說，也要煉丹？」

「煉丹？你太小看我了，那麼大的威力用來煉丹，真煉出來了，能吃嘛？我準備用在軍事上，如果我的軍隊能夠裝備上這種東西，就能所向披靡了。你寫好單子，給我就行了，我親自帶人進行配比，我就不信我弄不出比天雷彈更強大更有威力的東西來。」

左慈聽後，覺得高飛確實與眾不同，他一心只想煉丹，高飛卻想著用在軍事上，那種威力要是用來打仗，可是相當的壯觀呢！

「哈哈哈哈……」左慈想著想著，竟而笑出聲音來了。

「你笑什麼？」高飛突然聽到左慈突兀的笑聲，便問道。

「沒什麼，沒什麼，是我多想了。皇上在此稍等，我去給皇上寫單子，一會兒就好。」

說完，左慈便走進另外一間屋子，不一會兒，走出來，手裡多了一份布帛，遞給高飛。

「皇上，這是我最近煉丹用的東西，都在上面了，請皇上過目。」

高飛接過之後，匆匆流覽了一遍，好傢伙，單子上什麼原料都有，那叫一個雜七雜八啊，密密麻麻的寫了滿滿一布帛。

他看著有點眼暈，便不再看了，拿在手裡。

「好了，左道長，一會兒會有人來給你修道觀，我先走了。只是，以後不要再煉丹了，人的命是寶貴的，一旦失去了，就什麼都沒有了。」

「皇上，我明白了，以後不會亂來了。」

高飛看著左慈臂膀上還纏著繃帶，關切地問道：「傷勢好轉了吧？」

「好多了，已經沒有什麼大礙了。」

「那好，那朕就走了，等你傷勢痊癒之後，我會給你製造一個開壇說法的機會，如果你願意，可以招收徒弟，我不反對你修道，但是反對你煉丹。」

「我明白了，我會好自為之的。」

時光荏苒，轉眼間華夏國已經建國一年了。

西元一九一年九月九日，這一天，是華夏國的國慶，一周年紀念日，當然也非同反響。

這日，清晨的陽光剛從東方露出，照射在薊城上方時，黑底金字的「華夏」二字迎風飄蕩在城頭上，城內城外都是人山人海。

高飛騎著高頭大馬，在文武的簇擁下，緩緩地從皇宮走了出來，一路向東，來到薊城的東門外，在東門外搭建了一個臨時的祭天露臺。

其實祭天只是一個儀式而已，對於擁有現代思想的高飛來說，無疑是一個華而不實的東西，老天爺根本就不存在。可是對古代的人民來說，祭天卻意味深長。入鄉隨俗嘛，何況高飛又是皇帝，皇帝就應該有皇帝的氣派，祭天剛好是展現皇帝氣派的一種手段。

祭天儀式長而繁瑣，整整忙了一個上午，快到午時的時候才結束。

中午還沒吃飯，緊接著就展開閱兵，步兵、騎兵交相而過，拿著各種兵器的混合儀仗隊更是彰顯出華夏國的尊嚴，讓人看後心血澎湃，血脈賁張，給人一種「不當華夏兵，白來人間走一回」的錯覺。

國慶的所有項目終於過去了，日落西山之時，眾人才得以吃上一口飯。

暮色四合，高飛吃飽喝足之後，便召集了所有在京的文武官員，在大殿上，朗聲道：「今日國慶過了，我華夏國立國滿一年，今後每隔五年，舉行一次盛大的閱兵典禮。另外，新都洛陽城已經竣工，正在裝修階段，朕決定，**在未來的一個月內，遷都洛陽。**」

眾人聽後，沒人反對，遷都洛陽勢在必行，紛紛叩首。

一個月後，十月初九，高飛正式將華夏國的都城從薊城遷到了洛陽，**遷都之舉，正式標誌著華夏國的經濟、軍事、政治、商業中心的南移**，對華夏國未來的幾年休養生息中，起到了一種巨大的推力。

華夏國正式遷都洛陽後，隨即展開了一系列休養生息的措施，興修水利，開墾農田，鼓勵生產，各地也開始一輪經濟復興的競賽。

在軍事上，高飛採取守勢，以宛城、汝南、徐州、靈州、潼關五地為邊防重鎮，並且遷徙在延安府、西河府兩地居住的匈奴人到靈州府，分別屯駐在弋居縣、泥陽縣兩地。

而荀攸、王文君趕赴東夷徵召的十萬東夷兵，也全部遷徙到朔方、雲中、包頭、定襄、五原五地，分別交給駐守當地的將軍負責訓練，以加強華夏國北部的防禦力量。

除此之外，高飛還鼓勵幽州百姓遷徙到河套地區，並且以皇榜的方式發布，凡遷徙過去的百姓，每人可得十畝地，土地可以私有化。一時間，在幽州一帶的貧下中農都大舉遷徙，五十萬百姓浩浩蕩蕩的入駐河套地區，充實了河套地區的人口。

高飛大力鼓勵百姓開墾荒田，讓當地府衙為百姓修建水渠，方便引水灌溉。

另外，高飛調集虎衛大將軍甘寧、驃騎將軍張郃、左車騎將軍賈逵、右將軍陳到、平南將軍李典、平西將軍樂進、平北將軍朱靈、偏將軍令狐邵、裨將軍郝昭等人趕赴河北，去訓練在幽州、冀州一帶新徵召的二十萬新兵，分出九萬新兵，編制成為水軍，交由甘寧訓練，並讓朱靈、王威、令狐邵、郝昭等人給甘寧當部下，餘下十一萬新兵，一萬編成騎兵，其餘十萬全部編成步兵，交由騎兵交給張，步兵則由陳到負責統一訓練，在河北廣袤的土地上，新兵的訓練也成為了一道美麗的風景線。

至此，華夏國的重要工作基本完成，截止目前，算上新徵召的二十萬匈奴、羌、東夷各族的外籍雇傭兵，華夏國一共擁有總兵力七十萬，蓋天下之最！

當然，高飛窮兵黷武也受到強烈的反對，以田豐、荀諶、管寧、邴原四個參議院丞相為首的高達百位的官員擬寫了聯名奏章，一致要求高飛裁撤軍隊，施行精兵制。

十一月的洛陽尤為寒冷，天空中，鵝毛般的大雪紛紛落下，不一會，京城裡就被罩上了一層白色。

氣派的皇宮內，高飛看完一百二十三名朝中各級文武大臣的聯名奏章，心中甚是不快。

「啪！」

高飛將手中的奏章狠狠地拍在桌上，發出一聲極大的響聲，怒道：「大不了再發行國債嘛！每天吵個不休，聽得我的耳朵都磨出繭子來了！」

此時，荀攸、王文君剛剛從遼東趕回來，正欲拜見高飛。

二人遠離數月，對朝中大事不甚明瞭，但是看到高飛氣成這個樣子，心知定是奏摺中寫了激怒高飛的話。

一進入大殿，荀攸、王文君便跪地拜道：「臣等叩見皇上！」

「都起來吧！」高飛隨手擺了擺，臉上還帶著一絲微怒。

荀攸站起來後，首先道：「啟稟皇上，臣已經按照皇上的旨意，將十萬東夷兵全部分在了朔方、五原、定襄、雲中、包頭五府，每府兩萬人，交給駐守當地的將軍負責訓練，主要訓練其騎射的能力。」

「兩位愛卿都辛苦了，從七月份便遠赴遼東，如今已經四個多月了，兩位愛卿一路上鞍馬勞頓，且先回去休息吧，兩位愛卿的家也都在洛陽安置好了，一會兒我讓衛尉盧橫送二位愛卿回家。」高飛緩緩說道。

荀攸道：「不勞皇上費心，臣已經回過一趟家了。皇上怒形於色，莫非是有什麼不愉快的事嗎？不知道臣能解否？」

高飛嘆了口氣，道：「其實也沒什麼，是朕在四個月內徵召了四十萬新兵的事，朝中大臣們一致認為朕窮兵黷武，紛紛上奏摺要求朕裁撤軍隊。這不，以參議院四位丞相為首的文武百官都聯名寫了奏摺，說要是不裁撤一些軍隊，就要辭官不做！朕正在為難呢。」

王文君是兵部尚書，聽到後，當即說道：「皇上擴軍四十萬，看似窮兵黷武，實際上卻是意義深遠，天下十三州，華夏國便獨占了八州之地，如此龐大的疆域，若沒有強有力的軍隊來做為保障，肯定會受到其他國家的欺負，一旦戰爭來臨，再臨時徵召的話，估計連抵禦的能力都沒有。我國境內人口上千萬，蓋天下之最，以十養一的兵政來說，就是擴軍到一百萬也不為過。皇上不必理會那些反對聲，他們不經歷兵戈，沒有親臨過戰場，對天下大勢不甚瞭解。」

荀攸道：「王尚書言之有理，不過，我想眾位大臣是擔心國庫空虛無法開支龐大的軍費問題，即使有國債發行，也不過能解燃眉之急，對於七十萬人龐大的軍費開支，以我國目前的狀況來說，確實是難以維持許久，而且發行國債只是暫時的一種手段，一旦國債到期，還是要連本帶利一起還的。臣以為，皇上可以名義上的削減一部分兵力，讓其就地為農，農忙時就忙農活，農閒時則加強訓練，生產、訓練兩不誤。臣建議將新徵召的十萬東夷兵做為試行點，畢竟鮮卑遠遁漠北，一時間難以崛起，而北部邊疆也相對安寧，如果十萬東夷兵就地為農，也可以在一定程度上開發河套地區。」

高飛聽到荀攸的建議，甚為滿意，這不就是民兵嗎。他笑了起來，不得不佩服荀攸的智謀，居然那麼超前，當即點點頭道：「荀愛卿的話讓我茅塞頓開，二位愛卿請各自回去歇息，明日早朝的時候，朕會親自發布聖旨的。」

「臣等告退！」荀攸、王文君異口同聲地說道。

第二天，天還沒亮，京城裡便人來人往，許多人都是乘坐著馬車去皇宮，因為洛陽城實在太大了。

關於洛陽城的修建，這裡必須值得一提。

洛陽城被士孫瑞修建的比薊城還要大，足足是薊城的三倍，如此龐大的都城，從東到西二十里，東南到北三十里，儼然成為那個時代的第一大城市。

當然，為了修建這座都城，士孫瑞也成了國家的罪人，耗資巨大，工期又短，這座氣派雄偉的洛陽城，可說是用金錢砸出來的，國庫的空虛，和士孫瑞最初的建造設計有著直接的關係，以至於都城修建到一半，國庫再也拿不出一點錢來，最後還是士孫瑞自己掏腰包修建的。

饒是如此，在都城修建完畢後，士孫瑞非但沒有得到應有的加官進爵，反而遭到滿朝文武的聯名彈劾，將士孫瑞說成是國家的罪人。

士孫瑞那叫一個冤枉啊，可是這件事確實是他幹的，從設計建造到動工，再到後來的完工，耗時一年，耗資巨億的洛陽城，儼然成了他這輩子永遠翻不了的身。

遭到彈劾後的士孫瑞，被高飛削去爵位，貶為了庶民。一代富豪士孫瑞也因此氣得吐血而亡，其子士孫佑氣憤不過，公然在雲州造反，想趁著北方空虛，竊據攻入薊城。結果還沒起事，就被衛尉盧橫發覺，直接被盧橫拿下，押解到薊城，交由刑部審理。

最後，刑部做出判決，以叛國罪將士孫佑處死，並且抄沒所有士孫家的財產，將士孫家族中得三百六十七口人，不分老幼，滿門抄斬！

可憐東漢末年到華夏國初年全國第一巨富、商業奇才士孫瑞就此消亡，整個士孫家族也無一人生還。

之後，高飛認為刑部做得太過了，痛斥刑部尚書王烈，並且扣除王烈一個月的俸祿。

其實，士孫瑞家族仗著富有，又曾經在很大程度上在經濟上幫助高飛建國，以至於整個家族在薊城內都飛揚跋扈，尤其是士孫佑，更是氣焰囂張。

太史慈留守靈州後，士孫佑便成了雲州的守將，在雲州也幹出一些不好的勾當來。加上整個士孫家族基本上欺男霸女，以至於滿朝文武對其痛恨至極，所以在處理士孫瑞的事情上，並沒有人出來為其說話。

士孫家咎由自取，也怪不得別人，權大如賈詡者，尊貴如蔡邕者，都不曾如此跋扈過，士孫家卻囂張跋扈，不惹眾怒才怪。

後來，高飛認為士孫瑞家族裡許多人死得冤枉，薊城怨氣太重，正好洛陽城也已經竣工，便倉促間下令遷都洛陽。

五更時分，皇宮大殿內滿朝文武盡皆到齊，大家見面都互相寒暄了幾句，之後便按照官階排成幾排，靜靜地等候在那裡，等待著他們的皇帝今天給他們一個答覆。

片刻後，高飛頭戴龍冠，身穿龍袍，腳著龍靴，一派九五之尊的威嚴形象，在祝公道、祝公平二人的護衛下，登上大殿，坐在了龍椅上，俯瞰眾人。

隨即，祝公平朗聲喊道：「升朝！有本早奏，無本退朝！」

祝公平聲音一落，田豐首先走出了隊列，向高飛行完禮節後，便說道：「臣參議院丞相田豐有本要奏！」

高飛見田豐站了出來，早已心知肚明，當即說道：「田丞相請講！」

田豐道：「臣等昨日聯名上奏的奏摺，不知道皇上可曾批閱？」

「已經做了批閱，一會兒即將以聖旨的方式進行公布，卿等聯名上奏，可謂是萬眾一心，朕又豈能一意孤行？所以，朕決定，裁撤十萬東夷雇傭軍，讓其就地為民，分發土地、糧食，讓其在駐地進行耕種，戰時為兵，閒時為農。」

荀諶隨即站了出來，向高飛行禮後，道：「那其餘的軍隊呢？」

「其餘軍隊維持原狀，盡皆肩負著我華夏國的國防重任，正所謂**國無防不立，民無兵不安**。我華夏國占據八州之地，沃野千里，廣袤異常，人口超過千萬，區區六十萬兵馬，你們還想讓朕再裁撤嗎？萬一敵國大舉來擾，朕拿什麼來抵禦來犯之敵？」

高飛說這句話的時候，理直氣壯，鏗鏘有力，裁撤十萬東夷雇傭軍已經是做出讓步了，不能一味的對這種大臣忍讓。

田豐、荀諶對視一眼，目光中流露出許多訊息，兩人共事多時，自然莫逆於心，見皇上已經做出讓步，再逼下去，只怕會適得其反，便同時說道：「臣等遵旨。」

高飛繼續說道：「另外，朕還有一事，希望眾位愛卿都聽一聽。」

百官聽後，都將注意力集中在高飛身上，紛紛洗耳恭聽。

高飛在眾人的目光期待下朗聲道：「我華夏國以武立國，先前朕已經推出一套適合全民練習的武術格鬥套路。如今，朕決定施行**民兵制度**，**以民為兵，以兵為民，兵、民集於一身，是民也是兵……**」

「啟稟皇上，目前我國國庫空虛，百廢待興，豈能全民皆兵，臣懇請皇上收回成命。」

荀諶不等高飛把話說完，已經體會到了高飛想全民皆兵的理念，當即挺身而出，打斷了高飛的話語。

緊接著，之前聯名上奏的百官一起站了出來，異口同聲地道：「臣等懇請皇上，收回成命！」

輿論的力量是龐大的，眾人的力量也是龐大的，百官似乎找準了高飛的軟肋，聯名上奏，一榮俱榮，一損俱損，共同進退，確實比一個人的力量要大的多。

即使高飛再生氣，也絕不可能一下裁撤掉這麼多官員，這些官員都是國家的棟梁，是高飛經過許多年挖掘過來的，並非一朝一夕能夠積攢。百官懂得了和皇帝對抗的策略，取得高飛裁撤十萬東夷雇傭軍的勝利，嘗到甜頭的他們，也再次抱成了團。

可是這一次，高飛面不改色，態度堅決，一點不再作出讓步。

見到百官又抱成團來，只有賈詡、荀攸、郭嘉、盧橫、夏侯蘭等人未做表示，就連蓋勳此時也站在了百官的那邊。由於許多武將不上早朝，高飛未能獲得那些軍中的鐵桿粉絲將軍們支持，一時間顯得很是單薄。

片刻之間，大殿上靜悄悄的，整個氣氛異常緊張。

「哈哈哈哈……」

高飛突然大笑起來，笑得是那麼的底氣十足，是那樣的豪爽，笑得百官心中都是一驚，不知道為何皇上會突然發笑。

笑聲一畢，高飛臉色一沉，冷聲道：「很好，很好！」

良久，又是一陣沉默，大殿內上百雙眼睛都在盯著高飛，眼裡露出一絲不安。

高飛「噌」的從龍椅上站了起來，向前走了兩步，大聲地說道：「朕還沒有把話說完，你們就搶先聯合起來對朕進行威逼，你們這是什麼意思？你們都是飽學之士，都是一人之下，萬人之上的朝中大臣，難道就沉不住氣，不能等朕把話說完嗎？」

眾人面面相覷，都是一陣羞愧。

高飛繼續說道：「朕何嘗不知道國庫空虛，百廢待興？朕裁撤十萬東夷的雇傭軍，已經做出了讓步，你們還要朕怎麼樣？如果你們覺得朕當這個皇帝不適合，你們可以群起而攻之，將朕徹徹底底的趕下這個皇位，擇選出你們心中認為最適合的皇帝！朕標榜言論自由，給了你們充分表達自身意見的時間，為什麼你們就不能等朕把話說完了再做出表達？以朕看，朕是把你們都給寵壞了！」

高飛一席話說完，百官都低下了頭，有立場不堅定者，當即回到班位上，垂頭喪氣的，再也不說話了。

「民兵政策勢在必行。全民皆兵，才能彰顯我華夏國的與眾不同。匈奴、鮮卑、烏丸、東夷、羌等等這些少數民族，都是因為全民皆兵，才均在不同時期強盛一時。我們與胡人打了那麼多交道，自先秦以來，從趙武靈王改穿胡服從而使得趙國強大，一直到漢武帝時期大肆訓練騎兵，出擊匈奴，我們漢人就已經在向胡人學習了。

「全民皆兵，不需要國家供養，民兵政策，只是希望全國人民都能夠像軍人一樣嚴格要求自己，訓練自己的戰鬥能力，一旦敵國來犯，國家的正規軍無法抵禦時，民兵便可以協助正規軍對付來犯之敵，拿起武器就是兵，拿起農具就是民，這有什麼不好？」

高飛的聲音還在大殿內迴盪，猶如餘音繞梁，三日不絕，聽完高飛的這一席話，眾人才恍然大悟，原來民兵是不需要國家供養的。

片刻之後，百官陸續回歸班位，**一場因為政見不合與皇帝形成對峙的無形戰爭，最終以高飛的勝利而宣布結束。**

此時，作為整個華夏國真正握有實權，一人之下，萬人之上的樞密院首席太尉賈詡站了出來，先朝高飛行了一禮，緊接著又朝各級文武官員拱拱手，朗聲說道：

「諸位大人，皇上的雄才大略想必諸位大人都看到了，華夏國能擁有這樣的皇帝，應該感到自豪才對。皇上給予了諸位大人充分的發言自由，可是百官們卻一心以為皇上窮兵黷武。的確，華夏國在建立之前連年用兵，以至於到了建國之初國庫就空虛了。可是如果皇上不用戰爭來保全國家的安危，任由外敵欺凌，恐怕諸位大人早已經是另謀出路了。

「今日之事，與私人恩怨無關，皆因政見不合而起，所以，今日之事，眾位大人還請務必放在心上。皇上也是被眾位大人給逼急了，百官聯名上奏，以辭官相要脅，威逼皇上做出讓步，這種事情，也只有在言論自由的華夏國才有。請諸位捫心自問，皇上待眾位大人如何？另外，今日之事，儼然是參議院的嚴重失職！」

賈詡話音一落，剛剛犯上的田豐、荀諶、管寧、邴原等人都是一陣羞愧，不禁覺得自己做的確實有些過火了。

參議院的職責就是集中所有官員的建議，然後商討做出公論，實在懸而不決的事情，才再經過參議院上奏皇帝那裡，請求皇帝做出裁決。可是今天，華夏國的參議院顯然是嚴重的失職。

於是乎，田豐、荀諶、管寧、邴原四個參議院的丞相，都盡皆站了出來，同時跪在地上，朝著高飛叩頭，異口同聲地說道：「臣等失職，懇請皇上予以責罰！」

高飛擺擺手道：「算了算了，朕當初設下參議院、樞密院，分別冠在百官之上，是為內閣輔政大臣，參議院主政，樞密院主兵，就是希望通過參議院、樞密院來減輕朕的壓力。今日之事，也是百官擔憂國家的前途所致，所以朕並不怪罪你們。只是，希望以後各個機構都負起責任，不要讓此類事件再發生了，否則，朕設下的各個機構，就真的成為了擺設！」

田豐、荀諶、管寧、邴原四個人聽後，心裡一陣暖融融的，站起來後，對高飛皆是感激涕零。

其餘百官也都捫心自問，從昨天到今天，連續兩次威逼自己的皇帝，實在是荒唐至極。

之後，早朝恢復了正常，一直開到旭日東升，才算結束。

這次早朝，不但通過了高飛的民兵政策，更加通過了一連串關於國家基礎設施的構建，在各縣開設學堂，普及教育也成為這次朝會的重點。另外，還通過了發行第二期國債的政策，以十年為期，暫時解決了國庫空虛的問題。

第八章

武學奇才

高飛道：「你們怎麼看？」

祝公道、祝公平對視一眼，齊聲道：「臣等皆將最為精要的劍法傾囊相授，已經沒有什麼可以教授的了。二皇子是個不世出的武學奇才，如果能夠加以深造的話，將來必然會成為一代宗師。」

時光飛逝，猶如白駒過隙，轉眼間，華夏國走過了五個年頭。五年之中，華夏國推行了一系列的復興計畫，逐漸使得國內穩定，在農業、商業、工業上都有所發展，國內生產總值一年比一年高。

這五年中，在古中國的大地上，大的戰爭從未爆發，並存的幾個國家都在進行著戰後恢復的過程，只有邊界上的一點小摩擦而已。

五年中，**東吳一步步的蠶食了山越，將國土向東南大大的推進**，並且在山越的居住地重新設立郡縣，徵山越百姓為兵，加以訓練，成為一支勁旅。

五年當中，吳國和華夏國的陸路、海路貿易都十分的通暢，華夏國的徐州、吳國的壽春，成為陸路貿易上的重要商業據點，而吳國的曲阿、華夏國的天津、遼東、東萊則成為海路貿易的商業口岸，兩國關係穩定發展，一直處於友好階段。

五年內，盤踞在關中和涼州的曹操，因為得到鍾存羌的大力支持，逐漸穩定住了國家的根基，並且遷徙鍾存羌幾十萬的百姓進入關中，**將關中設立為秦州**，不但讓**鍾存羌統一了西羌各個部族**，還使得鍾存羌的勇士大量的湧入了魏國的軍隊，並且大肆鼓勵羌人和漢人通婚，在對待羌族的政策上，曹操也採用了極為開明的政策，與羌人約法三章，實現了羌人和魏國的完美統一。

曹操將百萬鍾存羌逐漸分散開來，使得他們散居在秦州和涼州，與漢人雜居，徹底解決了羌人容易叛亂的根源，使得羌人逐漸融入魏國，成為魏國不可缺少的一部分。

西元一九四年，曹操為謀求在經濟上額外的來源，秘密調集一支十萬人的西征軍，御駕親征，趕赴西域，征服了西域各國，並且**與屯居在漠北的鮮卑人簽訂了盟約，相約共同牽制華夏國**。

這次出兵，也是魏國五年內唯一的一次軍事行動，征服了西域各國後，曹操派出商隊，沿著絲綢之路向西開展了貿易，控制了整個絲綢之路的通道，獲得了巨大的貿易利潤，逐漸恢復了魏國的國力。

盤踞在益州的漢國，被別的國家稱為蜀漢，因為還有一個漢國盤踞在荊州。

蜀漢這五年中一直採取守勢，閉關鎖國，不與外界相通，所以發展緩慢。加上劉璋又是自守之徒，所以蜀漢國中的人士都思得名主，人心浮動。

相比蜀漢而言，**盤踞在荊州的漢國，是劉備一手建立的，被別的國家稱之為荊漢**。五年之中，荊漢得天獨厚，荊州土地肥沃，水源充足，在經濟上遠遠超過盤踞在西南的蜀漢。

在軍事上，荊漢擁有強大的水軍，一度對東吳發起進攻，阻滯了東吳在柴桑一帶的水軍發展，在西元一九二年的時候，荊漢水軍順流而下，曾經攻克了柴桑，掠奪大批人口、資源而回，在軍事上一直處於主動地位。

荊漢又因為和魏國同盟，加上痛失南陽的宛城一地，在西元一九二年到一九三年之間，多次派遣裴潛、杜襲帶兵前去挑釁，均被華夏國虎牙大將軍張遼率兵擊退。

北征未果，連遭敗績，而東吳又大力加強了柴桑的防禦，使得劉備改變了軍事策略，將矛頭直接指向盤踞在交州的越國。但由於荊漢到越國要經過瘴氣嚴重的叢林，是以出師不利，被迫退回。

此後，荊漢一直未曾對外採取任何軍事行動，而是大力征討境內的武陵、零陵一帶的南蠻，並且取得了很大的收穫，迫使武陵蠻王沙摩柯投降。

西元一九六年，九月初八，華夏國神州五年，京畿洛陽城內。

洛陽城內為了舉行五年一次的盛大國慶，每家每戶都張燈結綵，五年內，從外地逐漸遷入洛陽的百姓高達百萬，在這樣一個偌大的城內，洛陽也彰顯出尊貴之氣，對外國使臣而言，更是讓人側目。

昔年，蜀漢國使臣張松、吳國使臣闞澤都曾經到過洛陽，對於洛陽城之大甚是感慨。就連一向吹噓羅馬帝國的都城有多大多大的羅馬人安尼塔・派特里奇也對洛陽城十分的驚嘆，聲稱自己一輩子也沒有見過這麼大的城市。

這天一大早，城門剛剛打開，卞喜便騎著一匹快馬，從城外奔馳而來，守門的將士誰不認識這個人，攔都不敢攔，直接放其過去。

卞喜騎著快馬，一路狂奔，從南門直奔皇宮，在洛陽城內寬闊的街道上留下了一道淡淡的煙塵。

奔跑了十餘里後，卞喜終於抵達了皇宮，面對皇宮宮門守將的阻攔，卞喜沒有任何遲疑，大喝一聲：「閃開！閃電加急公文！」

宮門守將不敢阻攔，當即讓開，放卞喜策馬而進。

卞喜是情報部的尚書，官居從一品，是皇上眼前的紅人，也是整個華夏國首屈一指的擁有特權的人，可以在皇宮內騎馬，可以在皇上面前不拜，可以攜帶武器。這樣的一個人，區區正六品的宮門守將又怎麼敢攔呢，甚至連一些正一品的大員都對卞喜敬讓三分。

此時，高飛正在龍炎殿上看著二皇子高麟練習劍法，祝公道、祝公平在一旁指點，兩大劍客共同教授，加上高麟天資聰穎，雖然只有五歲，卻是將祝公道、祝公平二人的精妙劍法都學了去。

大殿內，一頭短髮的高麟手中揮舞著一把長劍，劍氣縱橫，舞動得非常的剛猛淩厲，額頭上滲著汗水，衣服也汗濕了，緊緊地裹著他的身體。

「**龍吟九天！**」高飛坐在臺階上，看到高麟舞動得虎虎生風，大聲叫道。

高麟聽後，突然竄出了大殿，在地上打了個滾，站在院落當中，手中劍招陡變，人影一分，一團白影，隨帶一道寒光，如風馳電掣般飛向大殿前一株參天桂樹。

又聽喀嚓一聲，將那桂樹向南的一支大枝椏削將下來。樹身突受斷柯的震動，桂花紛紛散落如雨，高麟的身影則隨著桂花一般，輕飄飄地落在地上。

「好！」

高飛、祝公道、祝公平站在大殿的房檐下，看到高麟落地後，都不禁激動地叫好，紛紛拍起了手，為高麟歡呼。

這時，卞喜突然策馬而來，大聲叫道：「皇上，東南急報！」

高飛見卞喜親自將消息傳來，也不使用飛鴿傳書，此事定然是嚴重非常，當即叫道：「快快報來。」

卞喜從背後掏出一個用牛皮包裹著的信札，直接用他那手飛刀絕技扔了出去。

祝公平騰空而起，一個空翻便拿住那封信札，落地時，單膝下跪，舉著信札道：「請皇上過目！」

高飛接過信札，打開一看，當即為之一驚，不禁道：「**東吳居然把越國給滅了？**」

眾人聽了，也是一陣吃驚，沒想到五年之內，東吳竟然能將越國給滅了。

「這消息可靠嗎？」高飛問道。

卞喜點點頭道：「絕對可靠，是郡主派人通過商隊秘密送達徐州的，臧霸接到信札後，絲毫不敢停留，急忙以八百里加急送來，臣知道後，也不敢怠慢，便立刻親自送來了。」

高飛道：「既然是小櫻送來的密信，那這消息是絕對錯不了啦。近年來，東吳效仿我國，大肆開展冶煉工業，從將軍到士兵，裝備的幾乎都是鋼製的武器和戰甲，雖然比起我國的百煉鋼稍微弱了一點，但是不可否認，對付其他國家已經是綽綽有餘。士燮盤踞交州一帶也許久了，這個時候被吳國所滅，總比被荊漢所滅要好。東吳滅了越國，必然會向我國派遣使臣送來消息，待消息送到，即刻讓參議院擬定使臣，去建鄴城道賀。」

「諾！」

卞喜調轉馬頭，準備轉身而去，忽然見二皇子高麟仗劍而立，攔住去路，心中一驚，急忙問道：「殿下，你莫要再欺負臣了，臣是怕了你了。」

高麟笑嘻嘻地擦了一把額頭上的汗水，說道：「我又沒說要為難你，只是你剛才露的那手飛刀絕技，始終沒有教我，你啥時候教給我呢？」

「額……臣還有要事在身，改日閒了再教……」卞喜臉上一陣難為情，對這個小祖宗，還是少惹為妙。

哪知道，不等卞喜的話說完，高麟突然縱身而起，雙腳輕飄飄的落在卞喜所騎坐的馬頭上，手中二尺長的寶劍一揮，劍鋒便落在卞喜的脖頸上，埋怨道：「每次讓你教我飛刀絕技，你總是推三阻四的，從我記事起，就一直央求你教我，算來也有兩年了，今日你要是不教我，休想從這裡出去。」

「放肆！」高飛看見高麟將劍架在卞喜的脖子上，怒斥道：「給我下來！跪在地上給你卞叔叔賠罪！」

高麟不敢違抗父命，當即一個後空翻便跳了下去，雙腳牢牢地落在地上，身子也輕飄飄的，落地時，只發出了一丁點的響聲，腳邊的塵土微微揚起。

緊接著，他雙膝跪在地上，抱拳朝著卞喜叩頭，口中振振有辭的道：「師父在上，請受徒兒一拜！」

「你個小混蛋！我是讓你給卞叔叔賠禮道歉，不是讓你拜師！」

高飛急忙走到高麟的身邊，伸手便想打高麟，可是舉到半空中，手掌卻怎麼也落不下去，最後無疾而終。

高麟不卑不亢地說道：「我以皇子身分向大臣下跪，已經是在賠禮道歉了，現在叩頭是拜師，有何錯之言？」

「你……」

高飛氣得不輕，**這個兒子是個武學奇才**，祝公道、祝公平都是傾囊相授，連他這個當父親的都不得不佩服兒子，祝公道以前教給他的劍法，他花了好長時間才學會，可是高麟卻只用了一個月。

卞喜見狀，急忙下馬，跪在高飛和高麟的面前，說道：「皇上，這一切錯都在老臣，與二皇子無關，請皇上責罰。」

高飛見卞喜跪在地上，當即道：「你起來，此事跟你沒有一點關係，你去忙正事吧。」

卞喜「諾」了一聲，站起來後，心中長舒了一口氣。

二皇子是個武癡，這件事人盡皆知，但是這個武癡像是從來不知道疲憊一樣，精力十分旺盛，總是能將師父折騰得不行。

夏侯蘭曾經教授過二皇子基本的箭術，結果讓樂此不疲的二皇子給折騰的虛脫了，從那以後，沒有經過高飛的允許，便不允許高麟再向除了他和祝公道、祝公平以外的人拜師。

高麟見卞喜走了，哀嘆道：「可惜一手飛刀絕技，就此與我無緣了。」

高飛聽後，用手指戳了一下高麟的腦袋，罵道：「你個小混蛋！有我和當世兩大劍客在這裡教授你武藝，你還不知足，還想學什麼?!」

高麟聽後，抱住高飛的小腿，嘻皮笑臉地道：「我是小混蛋，可我這個小混蛋不是你生的嗎？那麼你就是大混蛋了！」

「你……給我滾一邊去，在這裡跪著，沒有我的命令，不准給我起來，我就不信，你會一點都不覺得累！」高飛話音一落，便揚長而去。

罰跪對高麟來說，算不上什麼大事，高飛對他的要求極其嚴格，可以說嚴格到了極點，這種處罰從他記事的時候就一直伴隨著他了。

這一點，高麟是幸福的，雖然沒有了母親，但是卻有一個如此疼愛他的父親。

截至目前，**高飛一共有五個兒子，五個女兒**，算是一個大家庭了，除了大皇子高麒、三皇子高鵬年歲與高麟相差不大，四皇子高乾、五皇子高坤都還是個嬰兒。

高麒是皇后蔡琰所生，高鵬則是皇貴妃貂蟬所生，高乾、高坤是一對雙胞胎，是皇貴妃賈雯去年十月生的。除此之外，高飛的五個女兒也都年齡不一，最小的才剛剛出生，是皇后蔡琰所生。

兒女們都有自己的親生母親，唯獨高麟沒有，他的母親公輸菲在生他的時候便去世了。雖然高麟並不知道，但是這件事一直是高飛心裡的痛，所以自從高麟斷奶之後，便一直將高麟留在身邊，深怕蔡琰、貂蟬、賈雯會對高麟不好。

事實上，她們一開始對高麟是很好的，但是高麟從小就個性張揚，還是嬰兒的時候，便會和自己的兄弟姐妹搶奶吃，所以一牽扯到自己的兒女，幾個後媽相對的對高麟便有些冷淡。

尤其是高麟天生神力，有一次居然將他哥哥高麒的手臂折過頭頂，痛得高麒大哭不止。皇后蔡琰看見了，愛子心切，便忍不住動手打了高麟。

這件事恰好被高飛看到，問清事情的緣由後，高飛便一直將高麟留在身邊，讓賈雯帶著高麟，一直到賈雯有了身孕。

三個老婆、五個兒子、五個女兒，本來應該很熱鬧的，但是由於高飛是皇帝，這個特殊的身分，註定了和家人聚少離多，加上高飛也是閒不住的人，五年來走遍了華夏國的所有領土，親自去視察民情，所以對高飛的家人來說，能夠一直待在高飛的身邊，就是莫大的榮幸了。

祝公道、祝公平見高麟又罰跪了，只是無奈地搖搖頭，什麼都沒說，他們知道，這個五歲的孩童已經不能用孩子來形容了，他的體力和耐力遠遠超過一個成年人，夏侯蘭就是個活生生的例子。

高飛重新走進大殿，稍微歇了歇，喘了口氣後，對祝公道、祝公平說道：

「你們怎麼看？」

祝公道、祝公平對視一眼，齊聲道：「臣等皆將最為精要的劍法傾囊相授，已經沒有什麼可以教授的了。二皇子是個不世出的武學奇才，如果能夠加以深造的話，將來必然會成為一代宗師。」

「劍法再厲害，也不過是個人的修為，我不希望他成為一代武學宗師，我希望他成為我華夏國的棟梁之才，能夠率領千軍萬馬，征戰沙場。等我百年之後，接替我的位置，保衛國家，率領諸將馳騁沙場，這才是他的歸宿。」高飛一本正經地說道。

祝公道、祝公平都是江湖俠客出身，對於打仗他們並不瞭解，但是從高飛的話裡，他們聽出了弦外之音，高飛這是準備培養高麟成為一代名將。

「單以劍法而論，以高麟現在的身手，已經超越我了，我想，是時候讓他去軍中歷練一番了。」

「皇上，二皇子才五歲啊，這麼小的年紀，怎麼能……」祝公道忙道。

「五歲怎麼了？雖然還是個孩子，但是這種事越早越好。馬超九歲成名，也很早。高麟既然有這個精力，去軍隊中磨練最合適。」

祝公道、祝公平不再說話了，以高麟現在的劍術，如果身高能夠再高一點的話，完全是一等一的劍客，單以劍術而論，全天下也不見得能夠勝過他的。

英雄出少年，這個少年從一出生就是英雄的兒子，正所謂老子英雄兒好漢，這個英雄二代只怕會超越過他英雄的爹。

「就這樣決定了，去把高麟叫進來吧！」

祝公道轉身走出大殿，衝著跪在地上的高麟叫道：「二皇子，皇上召見。」

高麟聽後，雙手一撐地，便倒立起來，以手為腳，向前爬了過去，口中大咧咧地說道：「我就知道，父皇捨不得我跪這麼長的時間。」

龍炎殿的一個角落裡，一個長相白淨、身穿華貴的孩童站在那裡，身形略顯得瘦小，雙眼深陷，深邃的雙眸中散發出一絲光芒，看到高麟進入大殿後，他重重地嘆了口氣，然後轉身垂頭喪氣的走了。

這時，衛尉盧橫帶兵巡邏到此，看見孩童，立即翻身下馬，抬手示意身後行進的部下停下，抱拳對著孩童說道：「見過大殿下！」

孩童正是華夏國的大皇子高麒，此時，他一臉的沮喪，什麼都沒說，便快步走開了。

盧橫看著高麒離去，不禁搖頭道：「大皇子和二皇子差異真是太大了，二皇子活潑好動，霸氣外露，大皇子卻總是沉默寡言的，俗話說，**龍生九子，各有不同**，看來還真是應了那句話了。」

「走嘍！」盧橫重新翻身上馬，抬起手朝後面招呼了一下，一行人便離開了龍炎殿。

龍炎殿中，高麟倒立著走到高飛的面前，這才恢復正常站立，朝高飛拜道：「父皇喚我何事？」

高飛道：「你不是一直想去見見朕的五虎大將軍嗎？朕就給你這次機會！」

「哇……」高麟登時喜笑顏開，開心地跳了起來，大叫了一聲：「太好了，父皇你對我真好，我一直想看看五虎大將軍長什麼樣子呢。到時候，我一定要和他們比試比試，看看是五虎厲害，還是我厲害……」

「小子輕狂！」高飛訓斥道。

高麟急忙閉嘴，朝高飛吐了吐舌頭，扮了個鬼臉。

「既然你那麼想去，那朕就讓你一年見一個，五年後，朕的五虎大將軍你也該見完了，也可以回洛陽了。」

五虎大將軍分別在各個不同的地方駐守，高飛遷都洛陽後，深感北方邊疆的重要性，便派遣虎威大將軍趙雲遠赴薊城，坐鎮北方，而黃忠、太史慈、張遼、甘寧則沒有變動，繼續留守在四個不同的地方，但是，五個人沒有得到聖旨，不得進京。

五個人因為都將家安置在駐地，所以回不回洛陽都一樣。加上高飛每年都要去微服私訪一番，所以基本上每年都會見到。但是對於處在深宮當中高麟來說，卻無緣一見。

高麟聽到高飛的話後，不禁起了一絲疑惑，問道：「父皇，你說五年之後才能回來，這句話是什麼意思？」

「也就是說，從現在起，**你就要離開皇宮，獨自一個人在外闖蕩了**。」

「太好了！」

高麟從小沒有離開過洛陽，即使是皇宮都很少離開，所以對外面的世界很是嚮往。高飛一直讓祝公道、祝公平看護著高麟，為的就是怕高麟在洛陽城中惹出什麼麻煩，所以不允許他出宮，即使出宮，也要經過允許才行。

「五年不回來，你不想家？」

「有父皇的地方就是我的家。父皇每年都去微服私訪，都可以和老部下敘敘舊，我也想去見見赫赫有名的五虎大將軍。」

「好，君子一言，駟馬難追，就這樣說定了。不過，有件事我要提醒你，你出了這個皇宮，就和普通老百姓一樣了，沒有什麼特殊的。五虎大將軍們也都沒有見過你，所以我會將你安排在他們的軍隊中，你也不允許暴露身分，如果他們知道你是二皇子，那就不好玩了，你說對不對？」

「對！很對。父皇，我決定了，我要出宮。」高麟斬釘截鐵地說道。

高飛很清楚這個兒子，在性格上和他差不多，認定的事情，八頭牛都拉不回來。

「既然要出宮，我就得和你約法三章。第一，**無論在任何情況下，都不准你說出自己的身分**，我不想你與其他人有什麼特殊。你要記住，你只是我的兒子，僅此而已。」高飛鄭重其事的說道。

高麟點點頭道：「兒臣記住了。那第二和第三呢？」

「第二，你要**虛心的學習**，在軍隊，可不比在皇宮一樣，在軍隊裡，以你現在的年齡來說，只能是個童子兵，估計是去伙房幫襯著，沒啥實際性的訓練。不過，你要嚴格的要求自己，箭術、騎術、拳腳功夫，以及長兵器的使用，都要好好的學學。騎在馬上打仗，跟在陸地上打仗是不一樣的。」

「兒臣記住了。第三點是啥？」

「第三，也是最為重要的一點，你要**更改姓名，不准用高麟這個名字**。」

「我不叫高麟，那我叫啥？」高麟好奇地問道。

「總之不能叫高麟，為了你的名字，朕的愛將高林都改名為高森了，就是怕犯了忌諱；而且，你一說名字，別人就知道你的身分了。」

「父皇，我的名字是你起的，那你再給我想一個名字吧？」

高飛想了片刻，說道：「你就叫**公輸斐**吧。」

「公輸斐？」高麟好奇地問道：「為什麼不讓我姓高呢？」

「你個小混蛋，你要是繼續姓高，那你乾脆叫高飛好了，居然敢和你老子同名同姓？」高飛被高麟氣得不輕。

「我是小混蛋，你是老混蛋，我們兩個是一對混蛋，既然都是混蛋，同名同姓又有何不可？」

「大膽！」高飛突然瞪大了眼睛，怒視著高麟。

「兒臣知罪！」

高麟見高飛發怒，當即跪在地上，雙手揪住了耳朵。

祝公道、祝公平趕忙緩頰道：「皇上，童言無忌！」

高飛心裡只覺得好笑，他也是寵壞了高麟，而且高麟在他的身邊時間夠久，所以耳濡目染，加上他一直教導自己的兒子們要激發思維，不要拘泥於現狀，所以高麟根本就是把高飛當成了他的大哥，而不是父親，有說有笑的，沒個正經，加上又是孩子，很是頑皮。

「以後再敢這樣說，看我不撕爛你的嘴！」高飛表面上裝出嚴肅的樣子。

高麟急忙捂住自己的嘴，說道：「以後我再也不敢了。」

「記住，從今天以後，你就叫公輸斐，明白了嗎？」

高飛之所以取這個名字，其實是懷念高麟的母親公輸菲。只是高麟並不知道，一直以來，他都以為自己是貂蟬親生的，而且他的姐姐傾城也確實待他像親弟弟一樣，貂蟬對他也是視如己出。

「明白了。」高麟點了點頭。

高飛讓高麟去跟母親和自己的兄弟姐妹們道別，因為等到明天國慶日一過，他就準備將高麟先送到宛城，交給張遼看護，讓他知道什麼才是真正的軍隊。

與此同時，高飛特地親筆寫了一封信，讓人先送達張遼處，讓張遼看著安排，但是絕對不允許徇私，也不准聲張。

高麟離開龍炎殿後，帶著自己的那柄二尺長的鋼劍，大搖大擺地走在皇宮裡，一路上還高聲哼著歌曲。

高麟得意洋洋的從一個宮殿穿過另外一個宮殿，回到貂蟬所居住的孔雀殿，剛一進門，便見一個七歲大的女童擋住了他的去路，那女童生得十分可愛，白裡透紅的臉蛋，嫩得都能掐出水來。

女童的突然出現，嚇了高麟一跳，她雙手掐腰，瞪著兩隻水汪汪的大眼睛，怒視著高麟，一張嘴便用女高音尖叫道：「你個臭小子，我說過多少遍了，讓你少在這裡唱歌，你把我的話當做耳邊風是不是？」

話音一落，女童伸出一隻手揪住高麟的耳朵，使勁一捏，拽著高麟便朝大殿裡走。

照理說，高麟雖然小，可是已經初具身手了，要躲一個女童還是很容意的，可是高麟連躲都沒躲，自從女童一出現，他就像是見到了鬼一樣，怕得要命。

此時，他的耳朵被女童給捏住了，他急忙大叫道：「哎喲……姐姐，你輕點，我的耳朵都讓你給擰掉了……」

「誰讓你不長記性！」

女童正是高麟的大姐**高傾城**，在高飛所有的孩子裡面，她是最大的，今年七歲，所以也稱為長公主。

長公主的脾氣一點都不像她的母親貂蟬那樣文靜，相反，卻是個潑辣的丫頭。

果真是有什麼樣的父親，就有什麼樣的兒女，高飛身上的性格，一大半都被自己的孩子們給繼承了，五雙兒女，除了還在吃奶的暫時看不出有啥性格特徵外，高傾城、高麒、高麟、高鵬四個人都得到了他們父親的遺傳，性格都很迥異。

高麟天生神力，武學奇才，是高飛最喜歡的一個兒子，天不怕地不怕，連父親面前也敢稱兄道弟的二皇子，卻偏偏很怕自己的大姐高傾城，不知道為啥，高麟一見到傾城，腿就哆嗦。正所謂**鹵水點豆腐，一物降一物**，長公主傾城正是高麟的剋星。

「姐姐，你輕點，我下次不敢了，我一時高興，竟然忘記了！求姐姐高抬貴手，你要是真的把我耳朵給擰下來了，那以後誰還敢嫁給我啊……」

「你這臭小子，才多大啊，這麼快就想娶親啦？」高傾城不依不饒，剛鬆開高麟的左耳，伸手又將他的右耳給揪住了。

其實高麟感覺不到怎麼疼，他彷彿天生就沒有疼痛的細胞一樣，對疼痛反應非常的遲鈍。

可能是這幾年來一直練武，經常從高處摔下來摔得沒有疼痛的知覺了。但是，為了配合一下這個大姐，他不得不裝出一副可憐巴巴的樣子，如果不這樣，他知道他的大姐手段多著呢，對付他是綽綽有餘。

「不早了，再過十年，我也可以娶妻了，到時候，我要是少了一隻耳朵，那以後我的妻子要是發威時，怎麼擰我的耳朵呢？大姐，你就高抬貴手，給你未來的弟妹一次擰我耳朵的機會吧？」高麟哭喪著臉哀求道。

傾城被高麟弄得哭笑不得，將高麟給鬆開了，一把將高麟摟在懷裡，關切地問道：「姐沒弄疼你吧？」

「沒有！」

高麟很想說一點都不疼，但是他知道，這個秘密他一定不能告訴傾城，不然傾城以後更會想方設法的來找自己的麻煩。

「沒有就好，只是你下次記住了，以後別再唱歌了，真的很難聽啊。」

「可是……那是父皇教我唱的……」

「別再我面前唱，否則我跟你沒完！」高傾城握了握拳頭，示意要揍他。

高麟露出一番很害怕的樣子，急忙點點頭，隨後環顧了一下四周，問道：「怎麼沒見三弟呢？」

「三弟去上學了。」

「啊？三弟去上學，為什麼你不去上學？」

「今天管老師有事，請一天假，所以我就放假了。」

傾城的個頭比高麟稍高點，摟著高麟的肩膀，並肩和高麟一起朝孔雀殿的後方走去。

「我說呢，你要是蹺課，父皇知道了，肯定饒不了你！」高麟略帶點威脅的味道。

「還說我，你不是也回來的這麼早？是不是也蹺課啦？」

「我才沒有蹺課呢，祝老師已經沒什麼可以教我的了，今天兩位祝老師已經將最後一招都教給我了，我學完就回來了。再說，父皇讓我回來收拾東西，我要離開皇宮了。」

高傾城止住步伐，疑惑地看著高麟，問道：「離開皇宮，去哪？」

「不知道，但是肯定是要去見我想見的人，就是五虎大將軍，父親要我去軍隊歷練。」

高傾城鬆開高麟，上下打量了高麟一番，「噗嗤」一聲便笑了起來，指著高麟說道：「就你？去軍隊歷練？給大將軍端洗腳水還差不多吧！」

「端洗腳水我也認了，反正我出了皇宮，我就是公輸斐了！」

這個時候，貂蟬剛好抱著剛剛幾個月大的小女兒走了出來，突然聽到「公輸斐」這三個字，心中一驚，急忙上前拽住高麟，問道：「你剛才說誰？」

「母妃，他說他從今以後就叫公輸斐了。」高傾城插話道。

貂蟬雖然已經是三個孩子的母親了，但是年紀還不到三十歲，她比高飛小四歲，高飛今年剛滿三十，她也才二十六歲而已，風姿綽綽，不減當年，反而比以前更多了一份成熟的魅惑。

她走到高麟的身邊，一把拉住高麟，問道：「公輸菲這個名字，你是從哪裡聽到的？」

「是父皇給我起的，母妃，我要出宮了，以後的五年都不在宮裡，我要出去拜師學藝，去學更多更多的東西。所以父皇給我約法三章，讓我出宮以後便用父皇幫我取的這個化名。」高麟天真地回道。

貂蟬聽高麟說是高飛給他起的名字，這才放下心來。

如果是有哪個人故意在高麟面前嚼舌根子，那她絕對不會輕饒他。高麟雖然不是她親生的，可這五年來，她一直將高麟視作自己的親生兒子，漸漸地，兩人之間也產生了真正的母子感情。

「你才五歲啊，真不知道你父皇是怎麼想的，這麼小的年紀，飲食起居都成問題，又怎麼能夠獨自出去呢？我這就去找你父皇，讓他收回成命！」貂蟬將懷中抱著的小女兒交給傾城，轉身便要走。

「母妃！」

高麟突然跪在地上，擋住了貂蟬的去路，「母妃，我已經不小了，能夠照顧好自己的，再說，我也想出去學習更多的東西。大姐、大哥學的那一套我學不來，覺得很沒勁，整天坐在那裡之乎者也的，還不如學武呢。再說，這是父皇的意思，父皇的個性，母妃一定知道，所以就算母妃去了，父皇決定的事情，母妃也改變不了的。」

「不行，你是我的兒子，是母妃身上掉下來的一塊肉，不管你父皇對別人怎麼樣，但是對我的兒子不能這樣，五歲根本還是個孩子，你一個孩子能夠幹什麼？」

貂嬋的擔心也不是沒有道理，她很清楚，高飛一旦將高麟送出宮，肯定是送去軍營，那種地方，一個這麼小的孩子，怎麼能夠承受得起軍營的訓練之苦。

「母妃，你要是去了，就是害了兒臣。兒臣只是去學習武藝，又不是去打仗，能有什麼事?!再說，兒臣現在也是劍法超群的人了，有自保能力，加上在大人的眼裡，我只是個孩子，大人們肯定不會拿我當回事的。」高麟陳情道。

貂蟬被高麟駁得沒有話說了，臉一紅，沒想到高麟的嘴皮子竟然那麼厲害，看著那雙炙熱的眼睛，貂蟬彷彿看到了高飛一樣。

她淡然一笑，重新抱過自己的小女兒，邊走邊說：「你跟我進來，我幫你收拾行裝。」

高麟歡喜地站了起來，拉著傾城的手，說道：「姐姐，以後有好長時間見不到面呢，你一定要照顧好母妃啊。」

傾城聽高麟要離開，還有五年時間見不到面，緊緊地握著高麟的手道：「能不能不走呢？」

「我知道姐姐捨不得我，我也捨不得姐姐，可是我不去不行，兩位祝老師已經沒有什麼可以教我的了。」

「那你就一直跟在父皇身邊，父皇身上的東西，你學一輩子都學不完的。」

「父皇……還是算了吧……跟著父皇學，動不動就要受罰，伴君如伴虎，我想那些個大臣也一定是這樣想的。」

傾城突然臉上一怒，猛地拍了高麟的背一下，叫道：「你走了，我就少了許多樂趣，以後我欺負誰去？」

「……」

高麟對傾城的這句話吃了一驚，他本來以為傾城是捨不得自己，沒想到是因為自己走了，她就找不到人欺負了。

「哈哈哈哈……」

傾城看到高麟的小臉一寒，登時忍不住笑了出來，將高麟摟緊了，道：「看把你給嚇的，大姐是那種人嗎？咱們姐弟幾個，就數我跟你在一起玩時最自由自在，高麒、高鵬他們兩個，簡直像木頭一樣，咱們兩個才是最親的，對不對？」

「對啊，我也感覺是的，大哥和三弟確實跟木頭一樣，我也不喜歡和他們一起玩。」

「就是說嘛，你要是走了，我肯定會想你的。」說著，高傾城便是一臉的不捨。

「我也會想大姐的。大姐要是想我了，可以去找我玩。」

「我倒是想，可是父皇不准我出宮啊，再說，我是個女的，你是個男的，咱們從一開始在地位上就有差別。」

「大姐，在父皇的眼裡，男女都一樣，父皇不是一直說男女平等嘛，咱們都是父皇的兒女，對我們每個人都是一樣的愛護。」高麟安慰道。

「嗯，出門在外，肯定不比在皇宮，父皇讓你更名換姓，肯定也是不想讓人知道你是皇子的身分，對吧？」

高麟點點頭道：「還是大姐聰明。」

「所以，你出宮後，別想著你是皇子，就想你是一個普通老百姓，這樣就不會感覺到有什麼差異了。」

「嘻嘻，還是大姐想的周到。」

姐弟兩個有說有笑的跟在貂蟬的身後去收拾行裝了。

第九章

兵家大忌

「張遼一路紮營，堵塞了通往宛城的要道。張遼是想分兵拒敵，設下層層防禦，殊不知這樣卻犯了兵家大忌，一旦第一座營寨失守，那麼我軍就能勢如破竹，節節勝利，別說七座，就是七十座也能一舉攻克。」關羽道。

崇文殿。

參議員丞相邴原坐在中間，左右兩邊各自擺放著一張小桌子，左邊坐著一個四歲大的孩童，一頭的短髮，顯得甚是清爽，圓圓的小臉蛋紅撲撲的，像是一個熟透的蘋果，正在咿呀地跟邴原學著「之乎者也」之類的話語。

右邊的座椅上是空的，上面放著兩本書，上面寫著「高麒」兩個大字，字體如同行雲流水一般，十分的娟秀，單從那兩個字上面來看，不知情的肯定以為是出自女性的手筆。

「子曰，學而時習之……」

坐在左邊的那個小童是高飛的第三個兒子，叫高鵬，正在一遍一遍的跟著邴原學習論語。

這時，高鵬看到大殿的門口多了一個人，當即說道：「老師，我大哥尿尿回來了！」

邴原對高鵬很是頭疼，白了高鵬一眼，將放在桌前的戒尺舉起，敲了敲桌子，怒道：「好好學你的，怎麼老是分心？大皇子回來了，跟你有什麼關係？」

「凶什麼凶嘛……」

高鵬朝邴原扮了個鬼臉，吐了吐舌頭，一條鼻涕蟲從鼻腔裡滑了出來，快到嘴邊時，被他咻溜用力一吸，又給吸了進去，發出了很大的聲音。

邴原看後，無奈地擺擺手道：「三皇子，你去把鼻涕弄乾淨吧！」

高鵬見不讓他念了，開心的不得了，當即邁開小腿，便朝殿外跑去，經過大殿時，剛好和高麒撞個正著，便問道：「大哥，你去尿尿，時間好久啊……你的尿可真多……」

說完，高鵬便飛快地跑出大殿，去找侍衛幫他清理鼻涕去了。

邴原見高鵬離開，高麒回來，心中暗想道：「龍生九子，各有不同，此話一點不假。又說**龍生龍，鳳生鳳，可是三皇子為什麼一點都不像殿下？**一部《論語》竟然學了兩年還沒有背會……」

「老師，我回來了。」

高麒身形瘦弱，雖然長得白淨，但是怎麼看都覺得這孩子先天營養不良，明明生在富貴帝王家，好吃好喝的供養著，偏偏他就是怎麼吃都是這副瘦巴巴的樣子。

他十分有禮貌，畢恭畢敬地向邴原行了一禮。

邴原點點頭道：「回來了就好，坐下吧，繼續寫你的文章。」

「喏！」高麒坐了下來，提筆寫字，攤開一張寫了一半的文章，揮筆便寫。

郰原看著高麒，心中甚是滿意，這個皇子可謂是個奇才，擁有過目不忘的本事，小小年紀，四書五經已經全部學完了。

只是唯一不好的是，這麼小的年紀，行為做事卻很深沉，讓人看不透他那雙充滿智慧的眼睛，更猜不透他的腦袋裡面到底裝了多少事情。總之，從郰原教授高麒開始，他似乎從來沒有見高麒笑過。

不多時，「皇上駕到」的聲音在崇文殿外響了起來，高飛也如影隨形地跨進了大殿，掃視了一眼大殿，當即問道：「高鵬呢？」

郰原見高飛來了，當即拜道：「啟稟皇上，臣讓三皇子下課了，三皇子學了一早上，也可以休息休息了。」

「嗯，勞逸結合很不錯，但是高鵬生性木訥，過於愚鈍，不能讓他玩太久，一會兒再讓人將他給喚回來，繼續學《論語》，一部《論語》學了兩年，居然還學不會，他真是天下第一奇人。」說話間，高飛轉臉看到高麒正在寫文章，滿意地點了點頭。

他徑直走到了高麒的身後，俯身看了看，見那字跡娟秀，如同行雲流水一般，心中更是歡喜無限。他從頭開始看，但見高麒所做的文章，也是文字優美，措辭嚴謹，便會心地笑了笑。

等到高麒寫完之後，這才將筆放下，然後轉身對高飛說道：「父皇駕到，兒臣有失遠迎，還請父皇海涵。」

高飛聽後，無奈地道：「父子之間，你又何必如此恭敬？」

「在尋常百姓家，或許父子之間只需恪守孝道即可，可是父皇是華夏國的皇帝，兒臣是皇帝的兒子，兒臣和父皇，既是父子，又是君臣，豈能不遵守綱常？」高麒辯解道。

「辯才不錯。只可惜你太拘泥不化了，應該加以改進，你還是個孩子，也不必如此。」

「生在帝王家，就註定了此生與常人不同，父即是君，兒即是臣，綱常倫理不能變。否則，一旦綱常倫理有失，皇家威嚴將蕩然無存。」

高飛對高麒的話挑不出什麼毛病來，說實在的，他覺得高麒比他更適合當皇帝，這種性格，確實是一個帝王所要擁有的。

他笑了笑，指著那張寫得密密麻麻的紙張說道：「這是你寫的？」

「正是！」

「寫得不錯，希望以後再接再厲。」說完，高飛轉身便要走。

「父皇就不能多留一會兒嗎？」高麒見高飛要走，急忙道。

高飛扭頭看了高麒一眼，問道：「你還有什麼事嗎？」

「沒有事情，難道就不能多和父皇多待一會兒嗎？」高麒睜著兩隻渾圓的眼睛，期待地道。

高飛想了想，說道：「好吧，你跟我來，我帶你去一個地方。」

高麒歡喜地站了起來，然後畢恭畢敬地向著邴原行了禮，這才離去。

高飛走在前面，高麒跟在後面，兩個人不知不覺便走到參議院所在的辦公地點。

高麒一看，疑惑地道：「父皇，來這裡做什麼？」

「從今以後，你就在這裡吧，邴原那裡就不用去上課了，反正他也是每天都要來參議院的。你在這裡，跟著田豐、荀諶、管寧、邴原四位丞相學習處理政務，我會跟他們說的。另外，等你掌握了在這裡的所有流程，以及具備了一些處理政務的能力，也就是你去樞密院的時候了。」

高麒聽後，不禁覺得一陣驚詫，在兩院之間行走，這是何等的殊榮啊，但是他才五歲，還是個孩子而已。

高飛看出高麒心裡的擔心，輕輕地拍了一下高麒的肩膀，說道：「你和高麟一文一武，都是不世出的奇才，而且你們的能力我也都看在眼裡，你先跟管寧，後跟邴原，已經沒什麼好學的了。再說，四書五經那些都是古人的東西，沒必要死記硬背，你應該多學習一些執政的能力。」

「可是父皇，不瞭解民間疾苦，又怎麼能夠知道百姓需要什麼呢，父皇一上來便讓兒臣在兩院行走，兩院都是處理國家大事的地方，根本無法瞭解到民間的疾苦。兒臣想像父皇一樣，去微服私訪，然後體會民間疾苦，只有這樣，才能夠知道百姓需要什麼，我又該怎麼做。」

高飛聽後，覺得高麒說得很有道理，也知道高麒的意思了，說道：「既然你想去體會民間疾苦，那我就成全你。這樣吧，**我派人把你送到琅琊府**，司馬仲達正在那裡當知府，你去他那裡吧，相信他會給你莫大的幫助。」

「就是司馬懿嗎？」高麒問道。

高飛點點頭，道：「正是他。」

「好，兒臣願意去琅琊府。」高麒回道。

「很好，你先回去收拾東西，轉告你母后一聲，後天我就讓夏侯蘭送你到琅琊府。」

「喏！兒臣告退！」

高飛見高麒走了，心中想道：「**你若是能夠在執政上達到我的期望，等朕百**

年後，這個皇位就非你莫屬了。」

第二天，九月初九，華夏國五周年的國慶典禮。

華夏國為這次典禮舉行了盛大的歡慶儀式。高飛帶著群臣，一起進行了閱兵，並讓人記錄下這個時刻，以報紙的形式發到各個軍中以及全國各地，做到真正的普天同慶。

國慶典禮的當天，匈奴、烏丸、西羌以及東夷各個部族的首領，都派使節獻上賀禮，除此之外，東吳和蜀漢紛紛派遣使者前來道賀，東吳也於此時正式將平滅越國的消息告知了華夏國，並且帶來荊漢有異常舉動，準備大舉北進的消息。

國慶之後，華夏國送走各個使臣，並且派出外交部的尚書司馬朗，親自帶著禮物去建鄴城道賀。

中午吃罷午飯，高飛便分別派遣衛尉盧橫、中護軍夏侯蘭，送自己的兩個兒子高麒和高麟出宮，高麒被夏侯蘭護衛著遠赴徐州琅琊府，高麟則由盧橫護衛著去了宛城。

由於兩地路程一個近，一個遠，所以高麟在兩天後便抵達了宛城，虎牙大將軍張遼所在的駐地。

宛城自從被文聘攻克，從劉備手中搶過來之後，便一直成為華夏國的邊防重鎮，也是最前線的城市之一。

在西元一九二年到西元一九三年之間，劉備曾經數次派遣裴潛、杜襲率軍攻打宛城，但都被虎牙大將軍張遼率軍擊退，之後便是很長時間的一段和平，一直延續到今天。

宛城的府衙內，張遼剛剛接到斥候的密報，扭臉對身邊的文聘說道：「時隔三年，看來宛城的和平將要被再次打破了。這一次，漢軍來勢洶洶，漢軍的大將軍關羽親自統帥兵馬，率軍五萬來襲，實在不可小覷。」

文聘道：「三年前，劉備數次派遣裴潛、杜襲前來騷擾，每次帶兵不過數千，這次漢軍大將軍關羽親自帶著五萬雄兵而來，應該上報樞密院，讓樞密院做出裁決。」

「此一時，彼一時，從宛城到洛陽雖然不遠，可是快馬一來一回也需要兩天多的時間，關羽舉大兵而來，我們應該主動出擊，拒敵於國門之外，如果失去先機，只怕會陷入被動。皇上曾經說過，每次臨戰，先行謀劃，即使沒有樞密院的意見，作為一個大將，也不應該拘泥於不化，應該見機行事。」

文聘聽後，明白了張遼的意思，抱拳說道：「那我現在就讓人去傳令，召開參謀會議！」

張遼點點頭，對文聘說道：「去吧。」

文聘轉身出去，剛出去沒一會兒，便又回來了。

「你怎麼又回來了？」張遼見到之後，便問道。

文聘急忙說道：「衛尉盧橫來了。」

張遼「哦」了一聲，急忙說道：「盧大人必然是送二皇子來了，快請！」

不多時，盧橫帶著高麟便走進了府衙，先向張遼施禮，抱拳道：「見過大將軍。」

張遼笑了起來，看了一眼高麟，故意問道：「盧大人，這位是……」

盧橫也故作姿態，當即道：「哦，這位是我的小侄子，叫公輸斐，是個武學奇才，一直仰慕虎牙大將軍的威名，所以執意讓我帶他來見見大將軍，我也想請大將軍教授一下這個小侄子一些槍棒上的武藝。」

張遼客氣地回道：「好說好說，盧大人的侄子，就是張某的侄子，一家人不說兩家話，仲業，你先帶公輸斐下去休息，一路上鞍馬勞頓的，肯定累壞了。」

不等文聘開口，高麟便道：「大將軍，我不累，你們聊，我在一邊聽著，等你們聊完了，我再向大將軍請教武藝。」

盧橫急忙道：「斐兒，不許胡鬧，且跟文將軍一起下去，文將軍的槍棒、騎射功夫都是一流的。」

公輸斐轉臉看了眼文聘，但見文聘很是精壯，一撇小鬍子也極為性感，便道：「文將軍，帶我去校場看看吧。」

文聘心知公輸斐是二皇子，可是卻不敢表現出來，冷冷地道：「我有公務在身，恕難帶你瞎溜達，你跟我的親兵一起去逛吧。」

高麟也不生氣，宮裡的人見他都是低頭哈腰的，可是他現在是公輸斐的身分，別人要是還見到他低頭哈腰的，那就說明他的身分敗露了，於是順從地道：「那多謝文將軍了。」

張遼、盧橫、文聘見高麟跟著文聘的親兵出去了，這才鬆了口氣。

其實，張遼早就接到高飛派人送來的信，得知要將高麟交付給他後，倍感壓力。雖說不要暴露身分，但是他明明是二皇子，不知道還好，一旦知道，一些事情就變樣了。

不過，張遼還是能夠遵守約定的，這件事只有他和文聘知道，其餘人都不知道。

盧橫從懷中掏出一份文書，交給張遼，說道：「大將軍，這是樞密院所下達的命令，正好轉交給你，希望不會太遲。」

「不遲，來得很及時，只是，樞密院為何會比我還要早知道消息？」張遼問。

盧橫道：「東吳使臣來的時候，順便將荊漢國內異常舉動的情報也帶來了，說是**荊漢正在秘密調集兵馬，有襲取南陽的意圖**，於是樞密院便做出裁決，剛好我來宛城，便讓我攜帶這份文件來。」

張遼聽到解釋後，打開樞密院的裁決信札，見上面只寫了寥寥十幾個字：「務必殲滅所有來犯之敵，一切事宜由大將軍全權負責。」

看完，張遼將信札轉手交給文聘，文聘看了，當即說道：「大將軍，那就召開參謀會議吧。」

張遼點點頭，文聘隨即離去。

盧橫抱拳道：「大將軍，若有用得著我的地方，儘管吩咐。」

張遼笑道：「你來的正是時候，正好我手下缺少一名悍將，由你頂替，實在是美妙之極，二皇子的事暫且擱下，等擊退了來犯之敵再來商議。」

國難當頭，盧橫自然不會退縮，何況他也很久沒有打仗了。

不一會兒，文聘便叫進來張遼手下的參謀體系，參謀會議正式舉行。

張遼讓人打開模擬的地形圖，這是按照南陽一帶實際情況等比縮放畫出的，很是逼真。

他拿著一根細長的小棍，指著新野說道：「關羽大軍從新野出來，一路上必然會經過育陽、棘陽兩地，這一帶都是淯水區域，我們就在淯水一帶擊敗來犯之敵。諸位將軍，有什麼意見，都請明言吧。」

於是，眾人議論紛紛，各抒己見。

參謀體系是高飛引進的，每次臨戰，必先進行一番謀劃，這樣就可以減少個人出錯的機會，而且還能集思廣益。

最後，眾人制定了統一的意見，決定先行出兵，埋伏在淯水兩岸，予以伏擊。

商議完，張遼說道：「既然已經做出了決定，那就照此執行，文聘、盧橫各率領一萬軍隊埋伏在淯水的兩岸，我親自率領一萬人前去迎擊關羽的大軍。」

「喏！」

這邊吩咐完畢，那邊就下達了作戰命令。

盧橫出了府衙，在校場找到了高麟。

此時的高麟，站在校場的點將臺上，看著整齊的部隊正在集結，當時就傻眼了。

他發現他原來所在的皇宮竟然是那樣的無趣，這裡每個人都帶著一股激情，聽到耳裡傳來一陣陣的吆喝聲，他忽然有一種感覺，**他以後的人生，從今天開始，就要徹底屬於這個地方了。**

「我找你半天了，你怎麼在這裡啊？快跟我回去。」

盧橫見到高麟在點將臺上的一個邊角上坐著，當即走了過來。

「去哪？」

「去府衙，這裡不是你待的地方，一會兒就要打仗了。」

「打仗？和誰打仗？能帶我去嗎？」

「少胡鬧，這裡沒你什麼事，你就老老實實的在府衙裡待著，否則我將你的身分公開，那麼你就無法在這裡學習了，再說，大將軍也沒有時間來照顧你。」盧橫威脅道。

高麟遙見校場上的軍隊正在集結，只好說道：「好吧，我在府衙老老實實的待著就是了。」

說完這句話，高麟便跟著盧橫走了，心中卻是另有一番打算。

當天，三萬大軍集結完畢，張遼、文聘、盧橫各自率領一萬馬步軍離開了宛城。

按照原計劃，文聘、盧橫分別埋伏在棘陽一帶的淯水兩岸，張遼則帶著一萬兵馬繼續朝前走，在通往育陽的道路上連續設下了七座營寨，專候漢軍到來。

漢軍大將軍關羽親自率領五萬馬步軍，將大軍分為三部分，一路向北挺進。關羽以裴潛為先鋒，杜襲為後衛，一路上鼓噪而進，聲勢十分的浩大。

荊漢國的皇帝劉備，一直是出於戰爭的主導地位上，幾年來，荊漢國的國力也是十分的強盛，所以士兵很是驕橫。

在華夏國建立之初，便多次派遣部隊前去騷擾，目的不在攻占城池，而是在於襲擾。因為劉備和盤踞在西北的曹操結盟，共同對付高飛，所以五年來，靈州和宛城一直是戰爭不斷，幾乎每年都會遭受到一兩次小規模的襲擾。

荊漢對華夏國的襲擾，只集中在一九二到一九三年之間，因為那兩年是魏國復興的階段，為保證羸弱的魏國不受到華夏國的攻擊，所以劉備便給予了援助，聲援魏軍，夾擊華夏國。

關羽行軍十分的謹慎，深知華夏國經過五年的休養生息已經變得國強民富，軍隊更是兵強馬壯，所以他採取的策略是步步為營。

五年多了，關羽作為大將軍，還是第一次率軍出征。

記得五年多前，他被張飛救回，從張飛口中得知是高飛放了他，心中對高飛頓生漣漪。但是，這件事確實讓他和張飛坐了長達好幾年的冷板凳，一個是荊漢的大將軍，一個是荊漢的大司馬，可兩個人能夠調動的兵馬也就一二百人。

劉備知道關羽、張飛被高飛放回後，生怕兩人會對高飛感恩戴德，所以將兩人調往荊南四郡，一直駐守在那裡，從來不讓他們兩個正面面對高飛，生怕高飛對二位弟弟屢次給予的恩惠會使得二位弟弟對他產生動搖。

直到兩年前，劉備經過長達三年的暗中調查，才徹底對關羽和張飛放棄了疑心，並且派遣關羽、張飛一起對越國用兵。只可惜出師不利，大軍遇到瘴氣，潰不成軍，還沒有進入越國的邊界，便已經有許多士兵病倒了，不得已只好退回，繼續讓他們駐守在荊南四郡。

今年，東吳經過五年的時間對山越恩威並用，一邊征討，一邊安撫，逐步地分化了山越，並且整頓山越，讓山越的勇士加入到東吳的軍隊裡，增強東吳的作戰能力。

其後，東吳的第一任大都督周瑜率領海陸大軍齊頭並進，一舉攻克了越國的國都，俘虜了士燮一族，至此，越國國滅，整個交州完全併入了吳國的版圖。

劉備得知這一消息後，深感吳國的極大威脅，為了開疆擴土，只能對外發動戰爭。本來，西川是他的首選目標，可惜西川路途艱險，關山阻隔，不易攻取。

東吳的柴桑由於水軍力量的加強，加上東吳用鐵索橫江，在漢水通往長江的水流要道上釘上了可以阻滯戰船前進的木樁，所以也不易攻取，因而劉備將目標瞄準了一直失去的**宛城，並從荊南徵調大軍**，讓關羽掛帥出征，揚言要收復失地，這才有了今天這場即將爆發的大戰爭。

漢軍前將軍裴潛率領一萬馬步軍為先鋒大將，一路上步步為營，按照關羽的安排，行進的極為緩慢。

當日，關羽大軍只前進了五十里，在通往育陽的道路上安營紮寨。

傍晚的時候，斥候飛馬來報：「華夏國虎牙大將軍張遼率領一萬兵馬前來抵禦，一路上連續結下了七座營寨，距離此處三十里。」

先鋒裴潛得到這個消息之後，不甚瞭解，便讓人報給了中軍的關羽。

漢軍的中軍當中，關羽已經紮下了營寨，三萬大軍集結在一起，與先鋒裴潛只相差不到五里，而與後軍杜襲卻相差二十里。

之所以這樣安排，是因為漢軍的糧草輜重都在後軍，交給杜襲負責押送，而先鋒和中軍只攜帶了七天的口糧。

當裴潛派來的快馬進入中軍大帳時，關羽正單獨一個人坐在那裡看著書。聽來人報完消息之後，關羽擺擺手說道：「知道了，你回覆裴將軍，讓他按兵不動，等候命令。」

那人離開後，關羽繼續看書，坐在那裡紋絲不動，除了手動翻書，眼睛盯著文字而變化外，乍看之下，僵硬的就像是個木乃伊。

不多時，一個少年便走進了大帳。

那少年的年紀給人一種相當模糊的感覺，初看上去像個剛過十五歲的年輕人，但細看卻又透著一種三十出頭中年人的成熟、世故。一米七八的高挑身形，也使得他與其他人略有不同。

「參見大將軍！」這個人一進門，便抱拳說道。

關羽抬起眼皮，看了一眼這個人，輕「嗯」了一聲，放下了手中的書，說道：「你來得正好，某正想讓人去叫你呢，坐吧。」

那人坐下之後，關羽便說道：「你是陛下派來監軍的，所以，你不在場，某也不好發號施令。今天這大帳之中就你和某兩個人，我有一些事情要問你，還請你如實回答。」

那個人點點頭，說道：「大將軍請問。」

「陛下派你來，到底是監軍，還是為了監視某？」關羽開門見山，直截了當地問道。

那個人笑了起來，道：「自然是來監軍，以大將軍和皇上的關係，還用得著監視？」

「某希望你沒有說謊。那麼，沒什麼事了，你可以下去了。」關羽繼續拿起手中的書，逐字逐句的讀了起來。

諸葛孔明站在那裡，並沒有離去的意思，只是那樣靜靜地站著，卻什麼話都不說。

關羽見諸葛孔明沒有離去，便再次放下手中的書，問道：「孔明，你還有其他的事嗎？」

諸葛孔明點點頭，問道：「華夏國虎牙大將軍張遼親自率軍一萬前來迎敵，一路連下七座營寨，不知道大將軍如何應付？」

關羽道：「此事某自有定奪，陛下讓你監軍，你就監軍好了，杜襲的糧草隊伍十分重要，你去幫助杜襲押運糧草好了。軍事上的事，你還太年輕，而且你從來沒有打過仗，所以，你只需做好糧草督運就行了，打仗的事情，關某自會處理。」

諸葛孔明，名亮，乃是荊漢御史大夫諸葛瑾的弟弟。此番隨軍出征，確實是人生中的第一次。他聽了關羽的話後，也不再說什麼，只是鞠了一躬，轉身便離開了。

出了大帳，諸葛亮的嘴角上便露出一絲若有若無的笑容，轉瞬即逝，心中暗想道：**「此次征戰，正是我諸葛孔明一舉成名之時。」**

入夜後，關羽便將隨軍出征的幾名大將軍府的校尉都叫到身邊，隨即展開了謀劃。

「張遼一路紮營，分七座而立，堵塞了通往宛城的要道。張遼是想分兵拒敵，設下層層防禦，殊不知，這樣卻犯了兵家大忌，一旦第一座營寨失守，那麼我軍就能勢如破竹，節節勝利，別說七座，就是七十座也能一舉攻克。」關羽將大將軍府的五部校尉聚集在一起，朗聲說道。

荊漢的國家制度，承襲漢朝，所以大將軍是全國最高的軍事統帥，大將軍有屬官，置營五部，分別以校尉統兵，雖然只是個校尉，但是權力極大，比一般的雜號將軍還要高，幾乎等同於前、後、左、右四位位列在第三等的將軍。

漢朝舊制，在將軍銜上，大將軍第一，驃騎將軍第二，車騎將軍次之，衛將軍再次之，其後則是前、後、左、右四位將軍。

在品節上，一般大將軍屬於第一品，驃騎將軍、車騎將軍、衛將軍因為職權的差別不大，所以位列第二品，前、後、左、右就是第三品，再往下，就是不常置的四征、四鎮、四平、四安以及雜號將軍。但是，作為大將軍府的屬官，五位校尉則是常置的，在職權上屬於第三品。

五位校尉分別為關羽近幾年提拔的，分別是霍篤、霍峻、董和、呂常、王甫。

荊州一帶，人傑地靈，隱匿了不少人才，劉表當年坐鎮荊州的時候，人心渙散，劉備接替之後，經過幾年的時間，逐漸籠絡了荊州一帶士人的人，這幾年，荊漢沒少在荊州發掘人才，如今可謂是人才濟濟。

霍篤、霍峻、董和、呂常、王甫五人聽後，都是抱拳道：「諾！」

關羽道：「即刻派人通知前將軍裴潛，今夜對張遼發動攻擊，爾等也隨我一起出征，輕裝上陣，出其不意，定要一舉擒獲張遼。」

裴潛正在前軍用餐，剛吃了兩口，關羽派來的人便抵達營寨，他急忙前去迎接，得到關羽的命令之後，立刻集結了所有兵馬，人銜枚，馬裹足，悄悄地朝著張遼所在的營寨而去。

今夜月黑風高，黑夜裡的能見度十分的低，張遼的大軍就駐紮在嘎子嶺，左邊是流淌著的淯水，右邊是茂密的叢林和不算太高的小山坡，張遼就當道紮營，一座營寨堵住了道路。

張遼身在大營當中，聚集自己的部將，吩咐道：「今夜月黑風高，敵軍必然前來劫營，所有士兵按照原計劃行事，睡覺時，人不解甲，馬不卸鞍，全部都給我枕戈待旦。」

「喏！」

吩咐完畢之後，幾位部將各自回營，做了一番仔細的部署之後，這才完事。

時值子時，華夏軍的士兵都在暗中摩拳擦掌，專侯漢軍來攻。

華夏軍的軍營外面，裴潛已經帶領著精銳士卒來了，遠遠地眺望過去，但見華夏軍的軍營戒備甚是森嚴，燈火通明，士兵在箭樓上來來回回。

裴潛見華夏軍守備森嚴，不敢怠慢。又等了一個時辰，看到那些守軍盡皆顯露出疲憊之色，許多士兵都趴在那裡瞇著眼快睡著了，心想時機成熟，便立刻發動進攻。

他先派出善於射箭的弓箭手，先去解決掉那些箭樓上的守衛。哪知道，弓箭手還沒開弓射箭，那些守衛便逕自下去了，像是要換班。

「機不可失，時不再來，趁著敵人交接班的時候，正是發動攻擊的時候，全軍聽令，**一雪前恥的時候到了！**」

裴潛注意到這關鍵的一點，輪著手中的大刀，大聲喊叫道：「將士們！殺啊！」

一聲令下，漢軍便蜂擁而至，鋪天蓋地的朝著華夏軍的營寨攻了過去。

先是步軍去移開了鹿角、拒馬等物，緊接著是騎兵衝開寨門，弓箭手在兩翼掩護，漢軍以迅雷不及掩耳之勢便衝進了華夏軍的營寨裡。

這時，張遼率軍從各個營地裡前來，象徵性地抵禦了一會兒之後，隨即便宜告撤退。**裴潛不知是計，以為自己劫營成功**，二話不說，當即乘勢掩殺過去，以兩千輕騎開道，步軍隨後。

張遼帶來騎兵殿後，與裴潛激戰，邊戰邊退，剛退到第二座營寨裡，也是象徵性的抵禦了片刻，便宣告防禦崩潰，下令繼續後撤。

如此幾番，連續撤退了四次，裴潛越發顯得英勇和驕狂，見自己將張遼打得屁滾尿流，心中不勝歡喜。有幾次張遼險些反敗為勝，因為裴潛的步軍趕到，所以張遼繼續退。

兩軍一路激鬥，七座營寨綿延數十里，激戰到天明時，張遼正好退到第七座營寨。

張遼率領三百騎兵從前面退下來，看到第七座營寨，已經早就做好了準備，從昨夜遭到襲擊，一直到現在，他不過才用五百騎兵作為抵擋，掩護其餘士兵的撤退，所以只損傷了一百多騎。

剛到營寨前面，張遼便調轉馬頭，朗聲道：「將士們，展開反擊！」

裴潛率領兩千騎兵作為前部，與張遼激戰一夜，結果反而死傷了許多騎兵，現在身邊也就五六百騎，身後的八千步兵緊緊相隨，看到張遼聚集了大約兩千人守在第七座營寨那裡，冷笑一聲，道：「不自量力，看我不將你斬首示眾！給我殺！斬殺張遼者，賞千金！」

重賞之下必有勇夫，話音一落，裴潛身邊的五百多騎兵立刻一股腦的衝了過去，裴潛則帶著步兵跟在騎兵後面。

「放箭！」張遼見敵人衝來，大聲喊道。

「嗖……嗖……嗖……」

隨著張遼的一聲令下，無數的箭矢便從官道右邊的叢林裡射了出來，與此同時，伏兵盡現，張遼也率軍回殺。

一通箭矢完畢，華夏軍九千多人同時殺出，這倒是讓裴潛大吃一驚，本以為華夏軍被自己追趕的潰不成軍了，突然冒出這麼多人，便心知中計。

他和張遼交手數次，從未勝過，以前是張遼主動出擊，現在張遼誘敵深入，他都不是對手，又見張遼一馬當先的衝了過來，大叫道：「撤退！全軍撤退！」

可是，漢軍被華夏軍切斷了歸路，加上在裝備上又遜色於華夏軍，很快便變成單方面的屠殺。為了躲避華夏軍，漢軍只能向淯水邊退去。

張遼一馬當先，身先士卒，舉著大刀連續斬殺了十餘名漢軍騎兵後，便衝到裴潛的身邊，大喝一聲，舉刀便砍。

裴潛心驚膽戰，舉刀格擋，結果被張遼的鋼製大刀直接斬斷了他的兵刃，一道寒光閃過，直接落在裴潛的肩膀上，刀鋒鋒利無比，順勢而下，將裴潛一刀劈成了兩半。

漢軍見裴潛被張遼一刀斬殺，失去了主心骨，加上華夏軍又努力的將漢軍向淯水裡面推，直接將漢軍逼到了淯水岸邊，此時南方、北方剛好下過幾場大雨，淯水的水位猛漲，河水很深，加上這個河段的水流湍急，所以漢軍一經落水，便迅速的被捲走了，生還的希望極為渺小。

呼啦一聲，漢軍被華夏軍擠進淯水的多不勝數，哭喊聲、哀嚎聲遍野都是，最後漢軍出於自保，有五千多人選擇了投降，落水者足有四千多人，一經落水，便被河水捲走，能生還的有十分之一就不錯了。

戰鬥很快結束了，張遼砍掉裴潛的腦袋，讓人掛在第七座營寨的寨門上，押解著俘虜繼續後退，和繳獲的武器、戰甲，一路退到了棘陽一帶，重新紮下大營，與盧橫、文聘互為犄角。

關羽率大軍一路前行，聽聞裴潛節節勝利，連克六寨，忽然有一種不祥的預感，急忙派人去節制。

可是，不等人派出去，裴潛軍敗的消息便傳了回來。

關羽親率五百親隨奔赴到了第七座營寨，見裴潛的人頭高高的掛在寨門上，關羽不由得一陣惋惜，當即吩咐道：「將裴將軍送回新野厚葬，另外寫戰報給陛下，就說某太過輕敵，導致裴將軍兵敗。」

王甫在關羽身側，聽完關羽的話後，當即問道：「大將軍，裴潛之死，乃是他自己輕敵所致，跟大將軍無關，為何大將軍要將責任攬在自己身上？」

關羽道：「裴潛是前將軍，受某節制，他兵敗戰死，某難辭其咎，寫戰報吧。」

裴潛戰敗身亡，一萬馬步軍蕩然無存，這個消息直接傳到了在漢軍負責押運糧草的杜襲那裡，杜襲聽後，登時是一陣悲傷。

「召集全軍，加快前進速度，我要去給裴潛報仇。」杜襲披上鎧甲，綽槍便要出帳。

「將軍哪裡去？」

諸葛亮正好從外面趕來，和杜襲迎頭碰上，見杜襲一身戎裝，手持兵刃，急忙問道。

「裴文行被張遼梟首，懸掛在寨門上，一萬馬步軍，一半跌入淯水當中，一半被俘虜，我去給裴文行報仇，到大將軍帳前聽用。」杜襲朗聲道。

諸葛亮笑道：「華夏國虎牙大將軍張遼有勇有謀，將軍去了，也未必是對手。何況杜將軍身兼要職，負責押運糧草輜重，如何能夠擅自離開？有大將軍在前軍擋著，杜將軍還有何慮？」

「可是……」

「在下是監軍，杜將軍若是擅自離開，在下職責在身，免不了要將此事上奏陛下，治杜將軍一個怠忽職守之罪。將軍和裴將軍的友誼雖然深厚，但是國家大事大過一切，還請杜將軍慎重。」諸葛亮一本正經地說道。

杜襲愣了一下，沒想到諸葛亮小小年紀，竟然如此恪守法度。

諸葛亮見杜襲正在猶豫，繼續說道：「杜將軍要為裴將軍報仇也不難，只要杜將軍耐心等待兩日，在下不但能讓杜將軍大仇得報，還能讓杜將軍立下大功。」

杜襲看了看諸葛亮，見諸葛亮不像是說謊的樣子，狐疑地問道：「此話當真？」

「我以人格擔保。」諸葛亮鄭重其事的說道。

杜襲皺起了眉頭，問道：「你怎麼那麼肯定？」

諸葛亮笑而不答，轉身離開了大帳。

杜襲心裡做了一番掙扎，最後還是決定留下來，解去盔甲，卸去武器，耐心地等待。

棘陽，華夏軍大營。

張遼率領得勝之師凱旋而歸，並且帶著俘虜的五千六百三十八人，初戰告捷，卻並沒有讓張遼感到輕鬆。

文聘帶人早就在這裡紮下了營寨，見張遼歸來，便親自出迎，抱拳道：「大將軍初戰告捷，凱旋而歸，又俘虜了五千多人，今夜當高歌一曲，徹夜暢飲才對，我這就去吩咐……」

「仲業！」不等文聘把話說完，張遼便翻身下馬，打斷了文聘的話，「吩咐下去，全軍加強戒備，衣不解甲，馬不卸鞍，全軍枕戈待旦。」

文聘怔了一下，問道：「大將軍凱旋，不慶功了？」

「此時慶功，無疑是給敵軍可乘之機，等擊退了敵軍再慶功不遲。仲業，派人通知河對岸的盧將軍，讓他全副武裝，枕戈待旦，明日一早，便讓他從西岸向前挺進五十里，然後在那裡的淺灘強渡淯水，襲擊敵軍背後！」張遼十分冷靜地說道。

文聘聞言，想了想，覺得也挺有道理的，強敵在前，剛擊敗了敵軍的前部，這邊就去舉行慶功，實在是不合適，萬一全軍都醉了，那敵人就有機可趁了，一旦夜襲營寨，恐怕難以抵禦。

他向著張遼抱拳說道：「大將軍，我這就去通知對岸的盧將軍。」

張遼點點頭，派人去給俘虜們安排好吃住的地方，並且善待俘虜。

盧橫駐紮在淯水的西岸，和在東岸駐紮的張遼、文聘遙相呼應，得知張遼初戰告捷，不僅斬殺了敵方前將軍裴潛，還俘虜了五千多人凱旋而歸，心裡也是癢癢的。他先是派人去道賀，緊接著便讓部下臨陣磨刀，擦拭兵器，戰甲，預感自己即將加入一場大戰。

說起履歷，盧橫的資歷算是整個華夏國最元老級的。

高飛最初還在盧植帳下擔當前軍司馬的時候，盧橫就是高飛的親兵屯長。後來高飛去陳倉赴任，帶去的幾十個親隨也都盡皆戰死沙場了，只剩下盧橫一個人。

比起高飛後來收服的武將、文臣都還要老。一路艱辛走來，從一個屯長，變成現在華夏國的開國功臣，這一路上，盧橫走的也是相對的艱辛。

單從他的個人性格來講，他是精明的，很善於揣摩高飛的意思，察言觀色的本領不亞於任何一個人。但是，他很懂得收斂，不驕不躁，不爭不搶，很清楚高飛不會忘記他，所以一直以來，他都是以「俯首甘為孺子牛」的姿態去跟隨著高飛。

後來不管又有多少猛將加入，高飛始終沒有忘記他，讓他與眾將並列，從最初的十校尉，再到後來的十八驃騎，盧橫都在其中擔任要職。建國後，他被封為衛尉，也是他應得的。

衛尉一職，若是按照漢朝的制度，位列九卿之一，掌管宿衛皇宮的一切軍隊，所以職權上很重要，也是一個實權官職。後來，雖然他並不是每時每刻都跟在高飛身邊，但是君知臣心，臣曉君意，看似疏遠，實則一見面往往是徹夜長談。

說實在的，盧橫的才華並不出眾，武藝在華夏國猛將如雲的情況下，只能算是三流武將，在執政上也是中規中矩，沒什麼太大的建樹，但是能一直身兼要職，確實令一些人嫉妒萬分。

事情果然如同盧橫所料的那樣，自己剛派出斥候去恭賀張遼，張遼那邊就將斥候派來了，將明日出征的消息轉達給盧橫。**這也許是盧橫唯一的長處，就是善於預測身邊的一些事情**。

盧橫所統領的軍隊，都是張遼駐紮在宛城的部下，乃是張遼一手訓練的，所以眾位將校在得知張遼下達出征命令時，對盧橫的先見之明皆是深感佩服。

入夜後，盧橫確實按照張遼的命令，讓士兵衣不解甲，馬不卸鞍，枕戈待旦，並且加強了夜間的防範，整個大營守衛的甚是森嚴。

遙想當年，盧橫駐守范陽時，將范陽防守的滴水不漏，讓袁紹也無可奈何，便可以領略到他在軍事上的長處——**善於防守**。事實證明，他確實是一個十分善於防守的武將，放眼高飛的將軍系統裡面，似乎還沒有人能夠超過他。

剛剛吃罷晚飯，盧橫坐在大帳中思慮著明天該如何進攻，忽然見一個人闖進大帳，抬頭見那人是自己的親隨，而且一臉的驚恐，心知出事了，急忙問道：「是不是二皇子出了什麼事？」

那人當即跪在地上，使勁磕頭，嗚咽地說道：「大人，小的無能，小的該死，沒能看住二殿下，把二殿下弄丟了……」

盧横聽後，沒有責罰那個人，他深知二皇子高麟的性格，如果他真的想開溜，憑他手下的這幾個人，根本就看不住。

他擺擺手道：「你且起來吧，這事怪不得你，二殿下要走，別說是你，我都攔不住。他在什麼地方和你分開的？」

「二殿下鬧著要上街，小的便帶著二殿下去街上了，誰知道剛到鬧市，一轉眼的功夫，二殿下便不見了。小的急忙帶人去找，並且動用了城門的守軍，把宛城徹徹底底都找遍了，也沒有找到二殿下，小的知道事情緊急，這才來報告給大人。」

盧横道：「這個不讓人省心的二殿下……現在大敵當前，我沒功夫陪他玩。你且回去，這種事情不是一次兩次了，在皇宮的時候他就經常躲起來，讓我也是一陣好找，估計是閒得發慌，故意躲起來讓你們去找，以便製造點樂趣。相信他一定是躲在宛城裡某個角落裡，等他玩膩了，自然就會出來的。」

來人聽後，便要退去。盧橫見親兵一臉疲憊，便安排他在軍營裡留宿一夜，又讓他去吃了點東西。等到將來人安排妥當之後，盧橫這才和衣而睡。

第十章

一較高下

「關雲長！」張遼提著烈焰刀策馬而出，深吸一口氣，大聲叫道。

關羽也策馬向前走了一段，和張遼相距約五十米，在馬背上朝張遼拱手道：「久聞閣下大名，今日能在戰場上一較高下，也是一種福緣。」

華夏軍在淯水兩岸一夜無事，第二天天一亮，盧橫便拔營起寨，帶著三千輕騎先行離開，留下七千步軍隨後，一路沿著河岸向南奔馳。

差不多奔跑了五十里後，但見淯水河那裡有一處淺灘，水流較慢，但是卻漂浮著許多屍體。屍體堆積在一起，阻斷了淯水的流動，使得下游空出一片更淺的淺灘，騎著馬便可以淌過。

盧橫想起昨天被張遼逼入淯水河中的漢軍士兵，便知道這些是昨天淹死的漢軍士兵。在親自試探一下騎馬過河之後，便招呼所有的騎兵跟著他一起奔馳而來。

半個時辰後，三千輕騎全部渡過淯水，抵達淯水河的東岸。

一上岸，盧橫便派出隨軍斥候先去偵查一番，自己則帶著輕騎兵隱匿到路邊的樹林裡。

半個時辰後，斥候送來飛鴿傳書，聲稱關羽的三萬大軍屯駐在羊角嶺，並且掃平了前面的六座營寨，與張遼相距三十里，而負責押運糧草的杜襲則屯駐在嘎子嶺，距離盧橫所在的地方只有十里之隔！

盧橫聽後，欣喜若狂，當即下令道：「傳令步軍加速前進，汝等全部跟我去劫糧，只要斷了敵軍的糧道，關羽大軍便會陷入恐慌，屆時必然會自動退兵。」

盧橫一聲令下之後，隨軍斥候便去傳達命令，盧橫親自率領三千騎兵快速向前奔馳，想給予負責押運糧草的杜襲一個意想不到的重擊。

十里路對騎兵來說，不算太遠，所以很快便到了，盧橫手持長槍，盯著漢軍的營寨，見漢軍在背後沒有任何防備，便毫不猶豫地帶兵衝了過去。

轟鳴般的馬蹄聲響徹天地，快速衝刺的騎兵很快便衝到了漢軍軍營的後面，盧橫一馬當先，遙見寥寥無幾的守軍正朝著後面趕，當即下令道：「衝開營寨，全軍殺進去！」

話音一落，十幾個騎兵開始揮舞著繩索，然後套在木柵欄上，接著向兩側奔跑，將營寨的木柵欄給拉開。

這時，盧橫帶著騎兵便直接殺了進去，前來抵禦的漢軍士兵見狀，掉頭便跑。盧橫帶兵一路殺到中軍，可是，卻沒有遇見多少兵士，彷佛是座空營一樣。

他當即勒住馬匹，轉眼也看不見那幾個零星的士兵了，心中便有一種不祥的預感，急忙叫道：「快撤！快撤！」

與此同時，一通鼓響，從四面八方湧現出許多漢軍士兵，弓弩齊備，一致對準盧橫等三千騎兵。

正北方向，在萬軍的簇擁之下，杜襲手持長槍策馬而出，望見盧橫等人被他的兵馬包圍在此，冷笑道：「杜某在此等候多時了，你已經被我包圍了，早早投降，可免一死。」

盧橫見狀，知道自己是中了敵人的埋伏，只是他想不通，張遼的計策堪稱完美，為什麼會被杜襲這等人看破。

他環視四周，但見長槍如林，弓弩齊備，足足有上千人。他大喝一聲，當即喊道：「隨我殺出重圍！」

杜襲聽到後，將手抬起，向下一揮，漢軍萬箭齊發，立刻射倒一大片騎兵座下的戰馬，戰馬紛紛發出哀鳴般的長嘶，側翻倒地，反將騎兵都壓在了身下。

華夏軍向來以兵器的鋒利和戰甲的堅固著稱，所以漢軍射人先射馬，騎兵一旦失去了馬匹，就等於失去了兩條腿，也大大減少了華夏軍騎兵對漢軍的威脅。一時間，華夏軍三千騎兵死傷過半，剩下的也是險象環生。

盧橫的一條腿被倒下的戰馬壓在身下，剛想挪動，漢軍的步兵便紛紛挺槍來刺。他見狀，急忙揮舞著長槍擋住攻擊，另一隻手則用力將自己被壓住的一條腿拽出來。

盧橫好不容易抽出腿，可是手臂疼痛的力道卻越來越大，漸漸有些不支，十幾條長槍架在他的脖子上，又有十幾條長槍對準了他的腦袋，雖然沒有刺下去，可是他知道，他已經被敵軍俘虜了。

不等盧橫反應過來，他手中的兵器便被強行卸下，一群人將他按住，押到杜襲的面前。其餘未戰死的將士也盡皆被俘，全部被押在了一起。

杜襲看到盧橫時，質問道：「你是何人，在華夏軍身兼何職？」

盧橫面不改色，掙扎了幾下，奈何身子被幾名力士強行按住，動彈不得，怒視著杜襲：道：「大丈夫行不更名坐不改姓，華夏國衛尉盧橫是也！」

杜襲聽到盧橫的官職時，不禁眼前放光，心中也是一陣驚詫，沒想到今天竟然可以擒獲住華夏國的九卿之一。只是，讓他驚詫的是，衛尉應該是宿衛皇宮的，怎麼可能會跑到前線來了呢？

杜襲追問道：「你一個衛尉，竟然跑到前線來打仗？這是不是說明你們的皇帝御駕親征了，就在這裡不遠？告訴我，你們的皇帝在哪裡，我可以留你一個全屍。」

「哼！我們的皇帝當然在洛陽，有本事，你先突破宛城再說！要殺便殺，何必多言，十八年後，又是一條好漢。」

杜襲哼聲道：「想死？沒那麼容易，我今天活捉了你，是大功一件，自當將你押往襄陽請賞，至於陛下對你是殺是剮，就與我無關了。」

「也好，你將我帶到襄陽，我正想親眼見見大耳賊，當面罵他個狗血淋頭……」

「你……」杜襲聽到盧橫如此說話，反而有些忌諱了，「好！很好！既然你不怕死，我就成全你！來人啊！」

「末將在！」

「將所有俘虜全部推到淯水河岸，統一問斬，為昨日死去的將士們報仇！」

「喏！」

這時，諸葛亮從人群中趕來，急忙制止道：「且慢！」

杜襲扭頭看了諸葛亮一眼，道：「監軍，此等頑劣之人，留他何用？不如將他的首級送到襄陽，監軍也是大功一件！」

諸葛亮道：「此人不能殺，另外有妙用！」

「有何妙用？」

「總之不能殺，暫且收押，其餘所有俘虜全部收押，派人看守。杜將軍，相信盧橫的步軍即將到來，你且去淯水河岸埋伏，待敵人半渡而擊，必然能夠將其擊潰。」諸葛亮一臉嚴肅地說道。

杜襲對諸葛亮的話現在已經是深信不疑，因為俘虜盧橫就是諸葛亮出的計謀，此時聽到諸葛亮的話後，便留下兩千人看護大營，自己帶領馬步軍快速離開了。

杜襲等八千步騎一走，大營裡便顯得空蕩蕩的，諸葛亮走到盧橫面前，看了盧橫一眼，問道：「你就是盧橫？」

「正是，你是何人？」

「在下諸葛孔明。」

「沒聽過！」

諸葛亮笑道：「呵呵，你現在不是已經聽說了嗎？而且，在以後的日子裡，你還會聽到我的名字。你不怕死？」

「死有什麼好怕的。」

「壯哉！」諸葛亮讚道：「昔日的燕雲十八驃騎，今日的衛尉，盧將軍在華夏國也是一直身兼要職，必然受到你的皇帝的信賴。此番我放你回去，你回到洛陽後，轉告你的皇帝高飛，**就說我諸葛孔明向他正式下達戰書，很期待能夠和他對戰。**」

盧橫譏刺道：「就憑你？怎麼可能是我們皇上的對手！一個黃口小子，竟然敢口出狂言！」

諸葛亮也不生氣，一本正經地道：「今日我放你歸去，還有另外一個原因。

昔日我漢國大將軍關雲長曾經被你的皇帝放走，今日我放了你，這一切都是我們大將軍的意思，也算是回報了當年高飛對大將軍的恩情。你回去之後，轉告高飛，就說大將軍和他兩清了。至於他對大司馬張翼德的恩情，以後也會想辦法還給他的。」

盧橫起初以為諸葛亮只是開個玩笑，及至聽到此處時，才知道諸葛亮是認真的。他眉頭一皺，心中暗想道：「皇上對關、張皆有恩情，之所以一而再，再而三的放走他們，無非是想讓大耳賊對關羽、張飛有所猜忌。事實證明，這五年，關羽、張飛一直處於荊南，不敢放在和我國交界的邊界線上，確實起到了一定的效果，也減少了我軍的壓力。今日我若是回去了，必然會打破這種局面，關羽也不會因為昔日的恩情而對皇上有所留戀了，也許對華夏國來說，是極大的壞事。」

一想到這裡，盧橫便道：「你的如意算盤我不會讓你得逞的，我盧橫死不足惜，即使你不殺我，我也會自盡而亡。」

諸葛亮皺了下眉頭，隨即展開笑顏，說道：「看來你還是有可取之處，並不像我想像中的那麼笨，居然能夠看破我的意圖，很好很好……」

「砰！」

不等諸葛亮把話說完，押解盧橫的力士便朝著盧橫的脖頸上猛擊了一拳，盧橫眼前一黑，便昏厥過去了。

諸葛亮吩咐道：「將他手腳捆綁好，嘴也堵上，以免他醒來後咬舌自盡。」

於是，幾個壯漢一番忙碌，將盧橫給五花大綁，還用東西塞住嘴。諸葛亮將昏厥過去的盧橫和其餘被俘的士兵分開羈押，並且派出幾名壯漢看管，準備等到入夜後，再將盧橫送走。

杜襲按照諸葛亮的吩咐，果然取得了一次大勝利，趁著華夏軍在淺灘渡河之際，突然伏兵盡顯，華夏軍一陣恐慌。杜襲先用弓弩將其逼退，然後乘勢掩殺，渡河到西岸，一路追出十幾里，斬首五百多級，斬殺一千多人，最後才凱旋而回。

這邊戰事不斷，可是在前軍對峙的關羽和張遼卻一直按兵不動，當張遼得知盧橫兵敗，連盧橫本人都不知道是生是死的時候，張遼突然感到一種前所未有的壓力，不禁說道：「沒想到關羽竟然能夠看破我的計策……」

之後，張遼便依舊按兵不動，讓文聘到對岸紮營，收攏盧橫的敗軍，依舊和他遙相呼應。

關羽接到杜襲傳來的戰報後，不禁也是一陣驚詫，知道是諸葛亮在背後出謀劃策，這才對諸葛亮刮目相看。

他正苦於無法擊敗張遼，便對人說道：「去後軍，將監軍諸葛孔明叫來，就說某有要事找他商議。」

諸葛亮在和杜襲待在一起，見杜襲沉浸在喜悅當中，忍不住提醒道：「杜將軍，方才不過小勝一仗，不至於這麼開心吧？」

杜襲興奮地道：「監軍，你不知道啊，前幾年我軍連續對華夏國用兵，結果我軍被張遼打得落花流水，今日終於能夠戰勝張遼了，能不開心嗎？我準備讓士兵晚上開懷暢飲，然後……」

「萬萬不可！」諸葛亮急忙阻止道。

杜襲正在興頭上，見諸葛亮打斷他的話，臉上一寒，當即問道：「有何不可？」

諸葛亮道：「戒驕戒躁，只勝一場小仗而已，後面還有更大的戰鬥在等著將軍呢，**難道將軍不想斬殺張遼替裴將軍報仇了嗎？**」

「仇要報，這慶功宴也要舉行！」杜襲斬釘截鐵地說道。

諸葛亮深邃的雙眸緊緊地盯著杜襲，厲聲說道：「我是監軍，我說不行就是不行！任何人膽敢違抗，軍法從事！」

杜襲英雄氣短，只怪諸葛亮的監軍職權太大，除了大將軍之外，還無人敢跟諸葛亮叫板。他迫於無奈，拂袖而去。

諸葛亮步行至關押盧橫的地方，見盧橫已經醒來了，正試圖掙脫身上的繩索，他掃視了一眼，便隨即離去。

回營帳的時候，剛好碰見關羽派來的人，聽到關羽要見他，他的嘴角露出一絲笑容。

他跟隨著關羽的親隨，一路來到關羽所在的駐地，進入大營後，便直奔中軍主帳。

此時，關羽正在大帳中坐著，靜候著諸葛亮的來臨。

當諸葛亮走進大帳時，關羽的一雙丹鳳眼便將目光落在諸葛亮的身上，看著這個昔日還是個孩子的人已經出落成一個翩翩公子哥，便不禁覺得時光飛逝。

「大將軍，您叫我？」

諸葛亮進入大帳後，先是朝著關羽拜了拜，緊接著問道。

關羽點點頭，道：「聽說，杜襲能夠生擒盧橫，都是因為你出謀劃策？」

「嗯。」

「那麼……」關羽想了想，最終說出了自己心中的看法，問道：「你覺得如何擊敗張遼呢？」

「張遼當道下寨，西臨淯水，東靠山背，又有淯水西岸文聘與其互為犄角之勢，防守甚是嚴密，只怕急切間難以攻克。」諸葛亮道。

關羽聽後，睉著的丹鳳眼微微張開，問道：「監軍莫非是不願意幫助關某？」

「下官豈敢！」

「既然監軍不願意為關某出謀劃策，那關某也並不勉強，監軍請回吧。」關羽沒好氣地說道。

諸葛亮向著關羽拜了拜，道：「下官告退！」

關羽見諸葛亮出去之後，目露凶光，心中甚是不滿，朗聲對帳外的親兵喊道：「傳某將令，全軍集結，王甫、董和守營，霍篤、霍峻、呂常隨某出征，集結一萬馬步軍，在轅門外聽令！」

諸葛亮聽到營帳中傳來關羽氣急敗壞的聲音，露出一臉的陰笑，心中暗道：「大將軍驕矜自負，我現在若是出謀劃策，大將軍必然不會全聽，不如等最後關頭，力挽狂瀾，也能彰顯我的才華，從而一舉成名天下知。」

他步行至後軍，直入杜襲軍帳，一掀開軍帳的簾子，便聞到一股濃厚的酒氣，但見杜襲解去了衣甲，穿著短衫坐在那裡抱著一罈酒大喝特喝。

他徑直走到杜襲的面前，譏諷道：「將軍好雅興啊，居然敢違抗我的命令，獨自一人在這裡偷喝美酒？」

杜襲見諸葛亮坐在自己的面前，心中不喜，白了諸葛亮一眼，兀自又端起酒罈一陣猛喝。然後道：「監軍未免管得太寬了，監軍只是不讓士兵喝酒，又沒說我，我打勝仗了，自己給自己慶祝有什麼不對的嗎？」

諸葛亮笑道：「看來將軍是真的不想立大功了。」

杜襲聽到這句話，扭頭問道：「監軍到底想說什麼？」

諸葛亮道：「杜將軍，還曾記得我之前和你說過的話嗎？兩日之後，便是助你立下大功之時，如今兩日即將過去，**一件大大的功勞正擺放在杜將軍的眼前，只是不知道杜將軍是否珍惜？**」

杜襲被諸葛亮說得心癢難耐，問道：「監軍，你說的可是真的？那大功在何處？」

「只要你按照我說的去做，我保證你能夠獲得大功，即使不能生擒華夏國的虎牙大將軍，也必然能夠將其擊敗。」諸葛亮自信地道。

杜襲見諸葛亮自信滿滿，不像是說謊的樣子，可是他負責押運糧草，不能擅離職守，又豈能到前軍作戰？便狐疑道：「監軍莫非是想害我？我負責押運糧草，沒有大將軍的命令，又豈能擅離職守？」

諸葛亮搖搖頭，惋惜地說道：「可惜一件大功就此和將軍無緣了……」

「等等……」杜襲放下酒罈子，叫住諸葛亮。

諸葛亮轉身問道：「杜將軍還有何事？」

杜襲擦了一下嘴巴，拿起自己的戰甲，重新披上，還未說話，飽嗝倒是先打了一個，一嘴的酒臭氣直接熏到諸葛亮，使諸葛亮不得不有掩鼻的動作。

他一臉尷尬，道歉道：「監軍，我失態了，請勿見怪。」

「無妨！」

「監軍，你說吧，我聽你的，讓我做什麼，我就做什麼，只要能殺敵立功，我甘願聽從監軍的指揮！」

「你不怕擅離職守會遭到大將軍的怪罪嗎？」

「只要糧草輜重不丟，大將軍又怎麼會怪罪呢？」

諸葛亮笑道：「既然如此，你且附耳過來。」

杜襲將耳朵湊了過去，聽到諸葛亮的話後，驚詫道：「監軍，這樣可行嗎？會不會太冒險了，萬一糧草丟失，那我就是有十個腦袋也不夠砍的。」

諸葛亮拍拍胸脯道：「相信我，此事有驚無險，我自然不會拿我軍糧草來開玩笑。」

杜襲點點頭，覺得諸葛亮說得也有道理，如果糧草丟失，第一個追究的就是他諸葛亮，其次才輪到他。

他想了想，最後一咬牙，大聲說道：「好吧！不入虎穴焉得虎子，這買賣，我做了！」

華夏軍的大營裡。

張遼派出去的斥候剛剛回來，詢問一番之後，這才得知盧橫被俘的消息，心中不禁平添了幾分煩惱。

「盧橫本來是來幫我的，可是他卻被俘了，這叫我如何向皇上交代？無論如何，都要竭盡全力救出盧橫才行。張謙！」張遼道。

「末將在！」一員小將挺身而出，面部輪廓稜角分明，一臉的堅毅，正是張遼帳下破虜校尉張謙，「大將軍有何吩咐！」

張謙，字子華，雁門馬邑人，乃張遼同鄉，又是張遼的族弟，弓馬嫻熟，武藝雖然比不上張遼，但是騎射功夫卻是一流，乃華夏國第二屆武科探花。

與他一起的武科前三甲的狀元乃是汝南人鄧翔，也就是昔日曾經教授過司馬懿幾招刀法的那個火頭軍。

當時鄧翔因為錯過了武科選拔的時間，後來經過司馬懿的推薦，成為一名屯長，終究不是很如意。最後索性解甲歸田，正好趕上汝南老家那裡大肆鼓勵屯田，便投身其中，一個人獨攬十畝良田，也落得個逍遙自在。

華夏國神州四年，第二屆科舉正式開始，文科、武科同時進行，鄧翔瞅準機會，終於參加了武科選拔，並且憑藉著他家傳的鄧家刀法，一路闖關奪將，最終一舉奪魁，成為第二屆的武科狀元，受封冠軍將軍，目前在天津虎衛大將軍甘寧那裡當水軍將軍。

第二屆武科榜眼是祝公平的大徒弟，長安人劉宇，憑藉祝公平所授劍法，奪得了第二名。

他的榜眼來的有點特殊，武科選拔並非以單純的武力定勝負，單以武力而論，劉宇甚至能夠擊敗鄧翔，但是在騎術、箭術、槍術等基礎上則輸給鄧翔，最後屈居第二。不過，劉宇並不後悔，所以從無怨言，現任城門校尉，執掌洛陽京畿安全。

武科的第三名就是張謙了，此人是由張遼推薦，果真沒給張遼丟臉，第二屆武科選拔遠比第一屆更加的熱鬧，而且參賽的人數也很多，可謂是高手如雲，能在眾多人中擠進前三甲，絕非等閒之輩。

「吩咐下去，大軍二更埋鍋，三更造飯，四更拔營前進，對敵軍展開……」張遼吩咐道。

不等張遼把話說完，一名斥候便飛快闖了進來，報告道：「啟稟大將軍，漢國大將軍關羽，親率一萬馬步軍，正朝這裡浩浩蕩蕩的殺來，聲勢滔天。」

張遼聽後，冷笑道：「來得正好，我正好想會一會美髯刀王……」

在張遼的心中，始終無法忘記那一幕，伊闕關下，關羽手起一刀，將他昔日的主公呂布給斬殺了。

他不願意相信呂布竟然會敗在關羽的手下。雖然當時他並沒有親臨現場，但是每當別人提及關羽是如何神勇時，他的內心裡都充滿了恨意。於是，他在心裡暗自發誓，他日若能親自和關羽一戰，必會當面問個明白，而且要親手殺了關羽，替呂布報仇！

一場等待許久的雙王大戰，即將上演……

張遼聽聞關羽親率大軍而來，當即對張謙道：「拿我的烈焰刀來！」

張謙「諾」了一聲，轉身離去。

張遼披上重甲，戴上頭盔，拿上一把鋼劍掛在腰間，便出了大帳。

張謙吃力的扛著一把大刀走了過來，見到張遼出帳，便將大刀放在地上，只聽得一聲悶響，大刀的柄端在地上砸出一個大坑，可見這把刀的分量。

他擦拭了一把額頭上的汗水，對張遼道：「大將軍，烈焰刀拿來了。」

張遼伸手抓住那把烈焰刀，膂力過人的他抓起便走，顯得是那樣的輕鬆自在。這時，手下人又將他的獅子驄給牽來了。

那獅子驄乃是產自大宛的千里馬，其鬃曳地，本是馬超劫掠羌人所得到的，一共有五匹，被高飛賞賜給五虎大將軍，但是獅子驄乃是極為彪悍剛烈的馬匹，極難馴服，就是張遼這種馬上英雄，也頗花費了一番功夫。

這匹獅子驄毛色棕黃，一經牽來，張遼提刀上馬，騎著牠便朝轅門外而去，張謙急忙跟了過去。

轅門外，一萬馬步軍早已集結完畢，張遼只留下三千人緊守營寨，一聲令下，便帶著一萬軍隊去迎關羽了。

行至約十里地，華夏軍和漢軍便相遇在曠野當中，兩軍全部停止前進，遙遙相望。

但見漢軍大將軍關羽胯下騎著赤兔馬，手提青龍偃月刀，身披連環鎧，頭戴青色的九寶天巾，顯得威風凜凜，背後騎兵、步兵綿延而去，盡皆嚴陣以待，霍篤、霍峻、呂常三員部將一字排開。

關羽遙望對面的張遼，張遼頭戴鋼盔、身披鋼甲、手拿一柄通體金紅，猶如烈焰的大刀，胯下是一匹棕黃色的駿馬，氣勢逼人。

他見張遼對自己怒目相對，眼神甚是凶惡，面露殺氣，不禁怔了一下，暗暗地想道：「昔日呂布帳下十健將之一的張遼，不想竟然成長為如此威風凜凜的一員大將，看他凶神惡煞的樣子，定然是對我懷恨在心，只怕今日之戰，是要和我拼個你死我活了……」

「關雲長！」張遼提著烈焰刀策馬而出，深吸一口氣，大聲叫道。

關羽也策馬向前走了一段，和張遼相距約五十米，在馬背上朝張遼拱手道：「久聞閣下大名，今日能在戰場上一較高下，也是一種福緣。」

張遼心中充滿了憤怒，想起舊主呂布死在關羽的青龍偃月刀之下就感到痛心不已，朗聲道：「久聞關雲長美髯刀王的雅名，在下斗膽想向刀王討教幾招，不知道刀王可願意跟我單打獨鬥？」

關羽看出張遼充滿了恨意，因為他殺了張遼的舊主呂布。除了這個原因之外，關羽再也想不出和張遼之間有過任何的交集。

兩軍對峙，領兵的兩個大將軍卻將自己的部下撇到一邊，自己單打獨鬥，按常理來說，這是不合邏輯的。應該是先兩軍的小將去比試一番，然後大將才在萬眾矚目下登場。可是，張遼急於給呂布報仇，也想試探一下關羽的實力，便去掉了繁瑣的過程，直接進入主題。

張遼見關羽不搭腔，便譏諷道：「聽聞昔日天下無雙的晉侯就是死在你的青龍偃月刀下，這才過了幾年，難道刀王就失去了以前的勇氣？如果刀王不願意和我單打獨鬥的話，在下也不勉強，只能說刀王只不過是浪得虛名，僅此而已。」

關羽聽了這段話，更加肯定了他的猜測。

他眯著的丹鳳眼終於微微張開了，這也預示著他有殺人的衝動。

他向來心高氣傲，自從斬殺呂布之後，更是不將天下武將放在眼裡，雖然當時是呂布自己往他刀口上撞，卻成就了他美髯刀王的威名，單單是聽到他的名字，就能讓人顫抖不已。

他逐漸喜歡上這種高高在上的感覺，幾乎目空一切，此時，突然來一個人要挑戰他的地位，他又怎麼能夠不奮力維護自己的威名呢。

「張文遠，我讓你三個回合，你且放馬來攻，三個回合後，某就要取你人頭了。」關羽橫刀立馬，氣定神閒，目光中流露出殺意。

張遼聽後，更不答話，「駕」的一聲大喝，策馬而出，舉著烈焰刀，便朝關羽飛奔而去。

關羽早有防備，單手握著青龍偃月刀，騎在馬背上一動不動，但是他已經感到許久以來從未有過的一種極為強烈的殺氣。

烈焰刀當空劈來，猶如從天而降的一團炙焰，但是卻寒氣逼人，不由得讓關羽皺起了眉頭。

「唰！唰！唰！」

烈焰刀在張遼的手中不停地舞動著，只是兩匹戰馬相交的一瞬間，張遼便舞動著那烈焰刀劈、砍、撩，一刀三招，一氣呵成，逼得關羽不得不用青龍偃月刀作為抵擋。

「噹噹噹！」三聲響後，關羽的右手虎口被震得微微發麻，如果不是手中青龍偃月刀乃是一把上等的好兵器，只怕擋住張遼的第一刀時，就已經被劈成兩半，後面就只有受死的份了。

兩馬分開，第一個回合便這樣過去了。

關羽調轉馬頭，不禁感到有點後悔，覺得他太過輕敵了，張遼的刀法精湛，剛猛異常，未必在他之下，但是大丈夫一言九鼎，說讓張遼三個回合，就三個回合吧。

關羽雙腿夾緊馬肚，改用雙手握刀，橫在胸前，青龍刀的刀鋒朝天，兩邊的刀面森寒無比。

「哈哈哈！好刀法！關某許久沒有碰到你這樣的對手了，放馬過來吧，還有兩個回合，關某可等不及了！」

張遼自從被呂布從鮮卑人的手中救下，便一直跟隨在呂布的身邊。呂布當時已經是無敵於並州，看到張遼身上有一種堅韌不屈的精神，便親自教授張遼戟法。

可惜戟法的招式太難學，而呂布所教授的方天畫戟的戟法更是難上加難。至少縱觀江湖，呂布是第一個將方天畫戟使得出神入化的人物。

然而，當時張遼還小，臂力不夠強，身子骨也弱，所以在許多長兵器中，張遼便挑選了大刀。

大刀其實也是一種極難修煉的武器，比起長槍、長矛、長槊等等要難的多。不過，張遼就是喜歡大刀，加上在並州用刀的並不多見，所以他用大刀也是一個異類。

刀法的練成雖難，但是張遼天縱奇才，加上呂布在一旁加以指點，張遼最終練出一套屬於自己的刀法。

隨著年齡的增長，膂力的增加，以及體格的強壯，張遼的刀法也越來越精湛。他憑著這套刀法，硬是闖出了一番名堂，在呂布帳下十位健將中，單以武力而論，他是最強的，比呂布帳下第一大將高順還要強上一點。

今日，他遇到美髯刀王關羽，這個同樣使刀的名家，一出手便是殺招。可是，第一個回合交鋒後，張遼對於關羽的實力卻無從知道，只感覺單從關羽能夠擋下他的攻擊來看，此人並非浪得虛名。

張遼見關羽在向他挑釁，心中力求在接下來的兩個回合內將關羽解決了，好省去後面的許多麻煩。

「休得猖狂！看我取你首級！」張遼大叫一聲，再次策馬狂奔，這一次，他使勁了全力，力求將關羽格殺。

烈焰刀起，宛如一團火雲在空中飄蕩，刀鋒鋒利無比，在陽光的照射下，更是顯得威猛異常。與此同時，張遼「啊」的一聲大叫，掄刀便朝關羽砍去。

關羽見狀，急忙雙手舉起青龍偃月刀去格擋，但剛舉刀一半，便見張遼的招式陡變，刀頭一橫，竟然平削過來。

關羽眼明手快，急忙變招，豎起青龍偃月刀便去格擋。

這一次，張遼的平削再次無疾而終，快速奔跑的獅子驄將他馱著和關羽擦身而過。

本以為張遼已經放棄了攻擊，直到關羽突然感受到背後一股淩厲異常的力道，寒氣直逼後背，心中一驚，扭身看到一團火焰即將落在身上，好一記反斬！

「甚妙！」

關羽大叫一聲，鬚髮倒張，青龍偃月刀在臂彎中打了一個轉，刀頭直接砸在張遼的烈焰刀的刀頭上，烈焰刀受了一次重擊，突然改變方向，向下一沉，直接朝地面落去，雙刀的刀刃一經碰撞，發出一聲極為清脆的響聲。

兩馬再次分開，張遼的烈焰刀在地上拖著，硬是將地面劃開一道長長的地縫。

關羽調轉馬頭，虎目怒瞋，瞪著張遼，額頭上也冒出黃豆般的汗珠，冷汗更是順著背脊向下流淌，剛才張遼的那記反斬，若不是他反應迅速，只怕早就身首異處了。

「張遼攻勢越來越猛，只兩個回合竟然逼得我如此不堪，還有一個回合，我須小心應付！」關羽在心中暗暗思量道。

張遼見第二個回合又沒能斬殺關羽，不禁更加惱怒，因為他斬殺關羽的機會就只剩下一次了，最後一回合，他要使出畢生絕學，或許能有一線希望！

關羽也是精神抖擻，越戰越勇，心中也抑制不住躁動，當即大聲叫道：「再來！」

張遼定了定神，勒住座下獅子驄，雙目緊緊地盯著關羽，面前的關羽彷彿是一座無法攀越的大山，又像是在他的胸口上放置了一塊重達千斤的巨石，讓他有點透不過氣來。

兩個回合了，兩個回合他每次都使出了全力，可是還不能將關羽殺死，這種事情，在他二十多年的生涯裡只有過一次，那就是面對呂布的時候。而今，**這種感覺再一次的襲上心頭**。

天地間一派肅殺，張遼、關羽四目相對，誰也沒有動彈，兩軍將士也因為剛才的驚險對戰，看得都屏住了呼吸。

敵不動，我不動，關羽從一開始就陷入了被動。

他輕敵了，張遼的刀法精湛，單從用刀的功夫上，就已經不亞於他了，加上他的人也很詭異，比如第二個回合的那一記反斬，那是他沒有想到的。

「張遼，最後一個回合了，你到底會怎麼出手呢？」關羽在心中暗暗地想道。

對面的張遼也是一動不動，他的兩次攻擊，關羽都防守的滴水不漏，這讓他也犯難了，該怎麼出招才能取得最大的成果?!許多精妙的刀法招式在他腦中閃過，可是最後卻又被他全部否決了，要想用一刀結束對方的性命，實在太難了。

等待的時間未免有點長，圍觀的將士們早已經按捺不住，看著戰場上兩個對峙的人靜靜地等在那裡，心中都不禁一陣苦叫：「到底還打不打？看了那麼長時間，也該看夠了吧？」

一陣疾風吹過，捲起地面上一陣沙塵，就在大家都在翹首以待的時候，張遼拍馬舞刀，烈焰般的朝著關羽狂奔而去。

這一次他來勢洶洶，刀氣逼人，周圍數丈之內都能感受到肅殺之氣，雙眸中更是放出了兩點精光。

關羽見張遼狂奔而來，提起十足的精神，氣胸雄渾，大有不可抵擋之勢，只見張遼手中的那團烈焰忽地脫手而出，朝著關羽的面門飛了過來，像是一團燒著的火，眼看就要燒著他的臉龐。

他愣了一下，沒想到張遼會將大刀給投擲過來，他只需舉起青龍偃月刀撥開那把烈焰刀，張遼就再也沒有機會打敗自己了。他不禁在心裡暗罵張遼無能，這種自棄兵刃的打法，他還是頭一次見到。

「噹！」

青龍偃月刀起，輕易地邊撥開那把烈焰刀，關羽的嘴角上掛著一絲笑容，心中暗道：「三個回合已過……」

忽然，他的笑容變得有些僵硬，一道劍光刺斜而來，已經奔馳到他面前的張遼緊握著從腰中抽出的鋼劍，向他肋下刺來。

「糟了！」

關羽暗叫不好，**沒想到張遼投擲烈焰刀是假，以鋼劍作為攻擊武器才是真**，青龍偃月刀已經揮出，一時無法抽回，眼看劍光逼近，自己就要被張遼的劍刺中，他靈機一動，迅速抽出了腰中佩劍進行格擋。

「錚！」

張遼的鋼劍劍刃鋒利，直接將關羽的佩劍斬成了兩截，但是卻卸去了自己劍刃的力道，鋼劍和關羽身上的連環鎧來了一次親密接觸，利刃在連環鎧上留下一道長長的劍痕。

一擊便中，張遼有些興奮，張遼急忙變招，一劍削了過去，可是這個時候，他與關羽的距離越來越遠，那一劍也削空了。

張遼失去了絕佳的機會，心中不勝懊惱，插劍入鞘，從地上拔起烈焰刀，調轉馬頭，再次向關羽攻了過去。

此時的關羽還心有餘悸，剛才的那一劍實屬僥倖，心中怒火大起，**被壓抑了很久的殺意，在此刻間終於爆發出來了。**

關羽就像條怒龍，飛掠而至，刀光如雲彩流過，刀鋒似青龍探爪，吞噬天地的刀浪破空而至！

請續看《三國疑雲》第十一卷 臥龍鳳雛

三國疑雲 卷10 武學奇才

作者：水的龍翔
發行人：陳曉林
出版所：風雲時代出版股份有限公司
地址：10576台北市民生東路五段178號7樓之3
電話：(02) 2756-0949
傳真：(02) 2765-3799
執行主編：朱墨菲
美術設計：吳宗潔
行銷企劃：林安莉
業務總監：張瑋鳳

初版日期：2022年7月
版權授權：蔡雷平
ISBN：978-626-7025-45-1

風雲書網：http://www.eastbooks.com.tw
官方部落格：http://eastbooks.pixnet.net/blog
Facebook：http://www.facebook.com/h7560949
E-mail：h7560949@ms15.hinet.net
劃撥帳號：12043291
戶名：風雲時代出版股份有限公司

風雲發行所：33373桃園市龜山區公西村2鄰復興街304巷96號
電話：(03) 318-1378
傳真：(03) 318-1378
法律顧問：永然法律事務所 李永然律師
北辰著作權事務所 蕭雄淋律師

行政院新聞局局版台業字第3595號 營利事業統一編號22759935

定價：290元

國家圖書館出版品預行編目資料

三國疑雲 / 水的龍翔著. -- 初版. -- 臺北市：風雲時代出版股份有限公司, 2022.01- 冊； 公分

ISBN 978-626-7025-45-1（第10冊：平裝）--

857.7 110019815